叶 辛 著

深河桥头

上海远东出版社

贵州出版集团
贵州人民出版社

图书在版编目（CIP）数据

深河桥头/叶辛著. --上海：上海远东出版社，
2025. --（中国作家看世界丛书）. -- ISBN 978 - 7 - 5476 -
2160 - 8

Ⅰ. Ⅰ247.5

中国国家版本馆 CIP 数据核字第 2025SY0329 号

策　　划　黄政一　张云端
责任编辑　黄政一　陈占宏　黄蕙心
封面设计　李　廉

深河桥头

叶　辛　著

出　　版　**上海远东出版社**
　　　　　（201101　上海市闵行区号景路 159 弄 C 座）
　　　　　贵州出版集团
　　　　　贵州人民出版社
发　　行　上海人民出版社发行中心
印　　刷　上海颛辉印刷厂有限公司
开　　本　890×1240　1/32
印　　张　5
插　　页　2
印　　数　4001—7050
字　　数　95,000
版　　次　2025 年 8 月第 1 版
印　　次　2025 年 10 月第 2 次印刷
ISBN 978 - 7 - 5476 - 2160 - 8/Ⅰ·408
定　　价　48.00 元

谨以此书献给中国人民抗日战争
暨世界反法西斯战争胜利 80 周年

目 录

我写《深河桥头》

今年是中国人民抗日战争暨世界反法西斯战争胜利 80 周年，出版社拟出版我写这一题材的中篇小说及据此改编的电影文学剧本《深河桥头》。这一下子勾起了我多年前写作《深河桥头》的记忆。

2014 年，贵州省的布依族学会和水族学会找到我，说很快就要到抗战胜利 70 周年了，在文学作品中，关于布依族、水族的老百姓自发地拿起刀枪、梭镖参与到抗日战争中去的故事鲜有反映，问我能否就这一题材创作一部作品。面对布依族学会王思明会长和水族学会胡品荣会长诚挚的提议，我实事求是地告诉他们，我只是在初到贵州山乡插队落户时，听村寨上的老乡在摆龙门阵时说起。

贵州是一块福地，日本侵略军的攻势那么凶，然而打进贵州，打到独山，他们就打不动了！他们为啥打不动？因为打到深河桥头时，那座大石桥被炸毁了。面对深渊一般的河谷，气势汹汹的日军的一个联队望而却步，随即在四面八方山鸣谷应般的中国军队和各族百姓的吼声中退了回去。要晓得，仅仅几天前，这个联队的队长海福三千雄在占领独山县城时，得意扬扬地在火车站附近一座二层楼房的墙上，用毛笔写下了四个大字：无血占领！

聊到这里，两位会长都笑了，对我说，这正是1944年冬季黔南会战中发生的故事。他们邀请我写的，就是这段历史史料和民间流传的故事很多，但人物和情节都需要提炼。他们建议我去黔南一趟："被炸毁后留下的深河桥遗址和被炸翻的大石头都还在哩！"

我被两位会长诚恳的目光打动了，他们退休之前是省里和黔南州的好领导，为此事，王会长还在他家里请我吃了三顿饭，讲了很多布依族的风情俚俗，并举起米酒对我说："喝了布依人的土酒，说了的话就要兑现哦！"于是，我欣然答应下来，并且很快在胡会长的陪同之下，有了一次难忘的黔南之行。我不但实地来到了深河桥头，上山巅，下深谷，还看到了即将竣工通车的飞架在两座高山之间的新的深河大桥。此行，我和一位95岁的老兵细谈了一个上午。

正是在深入的采访和实地爬坡下坎的细致观察中，结合40多年来与贵州布依族、水族朋友的交往经历，我写出了中篇小说《深河桥头》。小说在刊物上发表后，《贵州民族报》社组织了座谈会，并以整整一个版面的篇幅做了报道。他们还邀请青年导演茶羽合作，将小说改编成电影文学剧本。奈何好事多磨，随着王思明会长的离世，拍摄成电影的事儿延宕了下来。一晃 10 年就这么过去了，令人感慨万千。可喜的是，在抗战胜利 80 周年即将到来之际，《深河桥头》作为单行本出版，留给世人。我想，将来我们总有机会把这部讲述少数民族群众自发地参与抗战的作品搬上银幕。

我期待着。

叶　辛

2025 年 1 月

深河桥头（中篇小说）

叶 辛

　　这个故事的线索，最初是四十六七年前，我插队落户当"知青"时听来的。

　　给我讲这个故事的布依族汉子，当时不过近 50 岁。讲的是他青年时代刻骨铭心、难以忘记的一段经历。他叫勒普，布依族的名字，意为勤劳、勇敢。汉语的大名叫罗智勇。可是一个寨子上的老乡，很少叫他勒普的，更不习惯称呼他罗智勇的姓名。叫他罗智勇的，只有我一个人，因为我是生产队里的记工员，给他记工分时，我要求他报正式的名字，每天给他记工分，问他在哪块田地干活，我就连姓带名称呼他罗智勇，我觉得这名字很好，很符合他的性格。

　　寨邻乡亲则不然，他们喊他的时候，都叫他乖甲习。乖和甲习之间，稍有片刻的停顿。起先我一直以为，乖是姓，甲习是他的小名。

后来老乡悄悄告诉我，不是这个意思。乖甲习是憨厚的布依话发音。他那么有智慧又敢于担当的汉子，怎么会憨呢？憨厚当然也是褒义词，只是看老乡们说他憨厚时嘴角露出讥诮的笑纹时，我便猜大伙儿更多地认为他为人处世有点憨的成分大。

一晃那么多年过去了，年事渐长，很多我自己亲身经历的往事都渐渐淡忘了。而罗智勇当年给我讲述的事情却还记在心头，很多细节似乎历历在目。

后来我开始写小说，从来没有想到要把这个听来的故事写出来。年过60，回忆往事，竟然仍把这个听来的故事记得那么清楚，可见这个故事自有它的魔力和生命力。于是，我重返年轻时插队落户的第二故乡，从县志、州志，从文史资料中，了解到很多老人所讲故事的时代背景、社会状况和村寨风情。对于故事发生的那个年代，竟然犹如历史的画卷一般，在我眼前徐徐展开。我很想再次拜访罗智勇老人，他若活着的话，该有90多岁了。但是村寨上的乡亲告诉我，活到91岁，老人去世了，不过几年前的事。我深感遗憾，老乡说你也不要遗憾，过了85岁，乖甲习更加憨了，一句话总要翻来覆去说七八遍，听的人不胜其烦，城里人说这是老年痴呆。

于是，我决定把这个颇有意味且令人难忘的故事写下来。

故事的核心是一座青冈石桥，河谷幽深，水流湍急，当地布依族、水族、苗族老乡称其为深河桥。故而我就把小说的篇名定为《深河桥头》。

勒普离开韭黄寨，往深河桥这边走来，是因为接亲半年多的新婚妻韦发妹的催促，让他务必到朗寨上去看看。这几天里让人心里不踏实的消息一个一个传过来，发妹惦记着朗寨娘家父母弟妹的安危，饭吃不好，觉睡不着，弄得勒普跟着心中不安。

听说日本鬼子穿着蜡黄的军装，要穿过朗寨的青冈石阶路，往独山县城赶。占领了独山，他们还要过深河桥，去打都匀、麻江、贵定，一直打到贵阳去。

像在三都九阡的石板寨一样，日本鬼子在朗寨也遭到了水族老乡们的抗击，枪炮声响了好久，打死了几个日本鬼子，水族老乡也有伤亡的。经过一天一夜抗击，满寨的男女老少水族乡亲，全部四散逃进了山林里。鬼子进村之后，烧杀抢掠，无恶不作，见粮食就拉起走，见到猪、牛、马、羊全部枪杀之后宰来吃，临走之前，还点起大火烧寨子，火光烟雾燃了好久都不见平息。

发妹听到这些消息，魂都不在身上了，不晓得自己的父母弟妹是不是遭害，伤着没有。若是躲进了山林里，天寒地冻的，这日子怎么过？她催着勒普往朗寨跑一趟，探一个究竟。鬼子窜进了独山县城，朗寨想必太平一些了。

勒普当真答应去了，发妹又不放心自己的丈夫了。她让勒普带上那管猎枪，防个身，真碰上了鬼子，还能打死狗日的几个。她还给勒普蒸了一背篓的苞谷粑，说一家人躲在山林里肯定是缺吃少穿，多带一点。只是怕装得太满，背着走太重，她才没把蒸好的苞谷粑全装上。

发妹的手巧，蒸出的苞谷粑糯香糯香的，勒普背在身上，都能闻到透过苞谷叶拂来的清香甜酸的滋味。

走出弯弯拐拐的羊肠小路，翻过朗寨通外头的山垭口，一眼看到那条独山通往州府都匀的大马路，勒普的双眼惊恐地睁得老大，天哪，怎么会是这样子?!

那条平时看去宽敞得顺着山拐带一点弯曲的大马路上，汇聚着成千上万的难民。他们穿着破衣烂衫，老老少少肩挑背扛，有相互搀扶的，有嘶声啼哭的，有呼天抢地哀号的，有在路旁临时架锅煮食的，有在石板上倒头睡的。马蹄声、汽车的喇叭声、呼叫声，此起彼伏，不绝于耳。前头一辆横起的车子开不动了，蠕动着的蚁群般的人流停滞下来，一声刺耳的枪响，震得山谷里发出阵阵回响，继而又陷入一片骚乱之中。

勒普的两腿一阵晃动，站在山垭口上不知所措地看着这一从没见过的景象。

他不敢下坡往大马路扶老携幼的人群里走了，一挤到人群里，他也就成了难民。他们是从长沙、柳州、桂林背井离乡逃难来的，他们潮水般地涌了来，要沿着这条大马路奔省城贵阳去逃难，去找一个活命处。

风吹来，好冷。勒普不由得打了一个寒战，出门之前，他把能穿的衣衫都套上身了，没想到还是这么冷。往年的 11 月底，黔南的山山岭岭，没有这么冷的。才站停下来一会，脚僵了，手都有些发颤，脸皮上感觉阵阵刺痛。

勒普心头拿不定主意，放眼四望，那条挤满了难民的大马路上，车流滚滚，柴油车、马车、独轮车、板车，挤作一堆。人流堵住了走不动，马路两边的小路上、溪沟边，也都是人，啼饥号寒。老弱妇孺有的走不动了，席地而卧。一个娃娃拖着鼻涕，在仰脸哭泣，哭声都淹没在嘈杂哄乱的喧嚷中。这不，大马路两侧的半坡小路上，不时地走过一个又一个赶路的难民。

勒普惊惧地瞪着他们，他们有的瞥一眼勒普，有的望都不望一眼，只顾埋头喘着粗气赶路。

一听他们喘得这么凶，勒普就晓得他们是外乡人，不懂得如何走山路。这么赶着走，不说累得人要趴下，喘也要把他们喘死。

怪不得前些天朗寨打响之后，韭黄寨上就传说，逃难路上有冻死、饿死、踩踏而死的人，尸体就随意地抛撒在坡上，惨不忍睹。看来是真的。心中慌啊，怕挨日本人的枪炮子弹，怕被打死，才要逃难啊！

勒普从来没有像今天这样，感觉到日本鬼子的可恶，感觉到被侵略的受辱，感觉到当亡国奴的可怕。日本人打进中国，他晓得国家遭难了；日本人得寸进尺，不断吞食国土、南进北犯，中国老百姓纷纷往贵州、云南、四川逃难，长途流亡，背井离乡，他晓得中国人这难遭大了！但是，韭黄寨上的老人们说，贵州是块福地，山高林子大，日本人打不进来，我们布依族还是过自己的日子，多收粮食，把余粮献给国家，打鬼子。故而勒普心里总觉得，抗日这件事，离自己很远。他不用穿上军装扛起枪到前方去，他要做的是种好庄稼，闲来上山去打猎，过好自己一份小日子。况且他已经娶来了水族女子韦发妹，开始收庄稼那几天，发妹体力不支，韭黄寨上的伯妈老奶们都说，发妹有喜啦！让勒普多照顾她。要不是发妹多次催促，勒普真不愿离开发妹，往朗寨走一趟。

没想到，走出韭黄寨，竟然会看到眼前这一幕逃难途中的凄惨景象。

勒普不想走到大马路上去，人群杂沓的难民，他怕自己带着猎枪、背着背篼，挤也挤不过去，更怕饥肠辘辘的难民们一旦发现他背篼里的苞谷粑，顷刻工夫就把苞谷粑全抢光了。

他呆痴痴傻站了一阵，想了想，决定沿山坡的小路，斜穿过深河桥，往朗寨放心去探望发妹的父母弟媳。这样走，比走山谷间的大马路难行一些，却近一点，只不过翻山越岭，都是羊肠小道，湿滑难行一点。

打定了主意，辨认了一下方向，刚转过身子，往朗寨去的小路上走出几十步，勒普听到身后有人喊他。

"前面那位兄弟，问你个事。"

勒普一听，就晓得这是逃难的外乡人，说的是北方话。他站停下来，提了一把肩上的猎枪，转过身来。

风迎面吹来，湿漉漉的，打在脸上冰冷冰冷。勒普伸手抹了一把脸，冷得直刺骨头，再一看，不好，风中飘着小雪花，一小点一小点，稀疏疏的。

他看清了问路的是两个和自己年岁相仿的国军士兵，两人穿着军装，肩上背着枪，枪口朝着地下。前头那个国军士兵脸貌清秀一些，后头那个国军士兵脸庞显得更年轻，只是络腮胡子，黑乎乎的，有几天没刮了。

勒普打量着他们，脸上的神情分明在问："啥子？你们说啊。"

前头脸貌清秀的国军士兵谦恭地笑了一下，问："兄弟，去深河桥怎么走？"

勒普想说你们跟着我走就行了，话到嘴边，变成了盘问：

"你们到深河桥去干啥子？"

"噢，"问话的国军士兵笑得更加灿烂了，他指了一下同行的国军士兵，勒普现在看得更清楚，满脸络腮胡子的国军士兵，比问话的这个年轻好几岁，看他那样子，不过 20 来岁。"我们是黎明关退下来的国军第 79 军第 199 师 187 团士兵，打散之后，长官命令我们到深河桥头集结。我们没走错吧？"

前些天荔波县的黎明关国军阻击日本兵，凭险布防，迫击炮和机关枪响个不停，打了几天几夜，200多日军死伤。后来终因鬼子抄小路包抄，国军腹背受敌，才退出阵地后撤。虽然天天守着发妹生活在韭黄寨上，勒普听过寨邻乡亲绘声绘色地讲述。看这两个国军士兵满脸疲惫，身上没有受伤，勒普说：

"随我走吧。"

"到哪里去？"问话的国军士兵警觉地问。

勒普知道他心疑，说："我也要过深河桥，你们安心。"

勒普说这话是让两个国军士兵放心，他不会把他们带到其他地方去。

"还有多远？"还是问话的国军士兵关切地打听。

"不远，半天能走到桥头。"勒普头也不回地道。

风刮得大起来，星星点点的小雪花，也比原来下得密一些。雪花落到窄窄的山道上，顷刻间就化了。勒普加快了脚步，小雪花下繁密了，凝结在泥巴路上，就像擦了油一般，会难走得多。

身后两个国军士兵，显然不习惯走这高低不平、曲里拐弯的山路，他们走得气喘吁吁的，粗重的喘气声勒普听得清清楚楚。

"兄弟，"紧跟在勒普身后的国军士兵又在喊他了，"你有没有吃的东西？"

勒普转过身来，目光从问话国军士兵的脸上，扫到更年轻的络腮胡子国军士兵的脸上，有几片小雪花，落在络腮胡子上，一时间没有化，白花花的，使他的脸上看上去像抹了一层霜。但是从他俩闪烁着饥火的眼神中，勒普看出了他们很饿了。饥饿的人对食物有种特殊的敏感，挨过饿受过冻的勒普是晓得的。莫非，这两个饥肠辘辘的国军士兵，闻到了他背篼里苞谷粑的气息。

天气冷，发妹刚刚蒸出来时苞谷粑的香气，已经不是那么浓烈了呀。再说，他背的苞谷粑是要送给发妹的父母——他的岳父母的，他不能随便拿给陌生人吃啊！

山坡下大马路上的难民那么多，他这一背篼苞谷粑经得几个人吃。

勒普目光游离着，摇了摇头。

问话的国军士兵从军装兜里掏出一叠钱，递了过来："给，换点吃的。"

哇，这么厚这么多票子啊！勒普双眼一亮，道出一声："发洋财咯！"

几个苞谷粑能值多少钱。往常在山林里打猎，逮到了麂子、锦鸡、竹鼬，那种好吃的小动物，挑着到赶场天卖，也卖不到几个钱，这会儿，几个苞谷粑就能换来这么多票子。韭黄寨上的乡亲，说过这发洋财的话，有人用几块米糕、糯米粑，就换来了难民的金戒指、首饰、怀表。摆弄来摆弄去，闲下来就玩个不停。

脸貌清秀的士兵晃了晃手中的票子，票子发出诱人的哗哗的声响："拿着，有吃的，你给我们一点。"

勒普接过一叠票子，赶紧揣进了衣兜。他穿的是布依汉子斜襟衣衫，衣兜在胸前，把钱往衣兜里塞的时候，他的手都激动得抖了。

一辈子，他都没得到过那么多的钱。

他一转身把背篼放下来，揭开盖着苞谷粑的芭蕉叶子，双手捧起五六块苞谷粑，递了过去。

那络腮胡子的国军士兵，像饿猴争食般敏捷地跳了过来，抓过两块苞谷粑，急不可待撕去苞谷叶子，狼吞虎咽地咀嚼着苞谷粑。

看得勒普都惊呆了。

脸貌清秀的士兵斯文一些，接过苞谷粑，没把苞谷叶子撕干净，就往嘴里送。

勒普心里说，这两个国军士兵跟着难民们一路行来，肯定是饿了好几顿了。

吃第二个苞谷粑的时候，两个士兵咀嚼的速度放慢下来了。络腮胡子的国军士兵先拧开他的军用水壶，就着水下咽。继而脸貌清秀的国军士兵也喝水了，见勒普大睁双眼盯着他们的每一个动作，他还笑了笑，问勒普：

"怎么称呼你？"

韭黄寨上的布依族乡亲，叫他乖甲习，但是只要上街赶场，勒普也请寨老取了汉族的大名，他对国军士兵道：

"我叫罗智勇。你们呢？"

脸貌清秀的国军士兵指着络腮胡子的国军士兵道："他姓田，叫田仓，粮仓的仓。我姓藤，写起来笔画很多的那个藤，叫藤木。哈呀，你这东西，太好吃了，松松软软的，有点甜，微带点酸，好带劲。"

"好吃，好吃。"田仓跟着连声夸赞，一边说一边舔着粘在手上的苞谷粑，还没吃够似的。

听他们说话，勒普觉得，田仓和藤木不是一个地方的人，咬字发音硬硬的。

他把肩上的猎枪挎了一下，重新背起背篼，对两人道：

"雪花飘得密了，赶路吧！"

脸貌清秀的藤木挨近身来托了一把背篼顺口问：

"罗……你是这山里的老乡？"

"是啊！韭黄寨上的。"

"你去深河桥有事？"

"哦，不是，我是去探望岳父母，路过深河桥。"

"啊，那我们真是太有缘、太有幸了！"藤木笑着道："碰上了你，我们就能顺顺利利到达深河桥啦！"

他说着，还拍了拍田仓的肩膀。

田仓脸上也露出了笑容，不住地点头。

藤木和田仓身上都带有吃的，不过那都是军用压缩饼干，吃厌了。不是饿得受不了，他俩谁都不想吃。藤木拿出一把钱换这个姓罗的老乡的糕粑吃，一是想换换口味，二是要同他套近乎，说上几句话，进一步摸清情况，顺利地到达他们的目的地深河桥头。

　　没头苍蝇般地跟着嘈杂喧嚷的难民潮走，他们真怕走错了路，到不了这问了好多难民都摇头说不晓得的深河桥头，完不成他俩身负的重大使命。藤木是一个"中国通"，年少时就被派到中国东北抚顺的一个日本医生诊所当助手，学得一口流利的中国话，说的普通话口音，比一般的东北人还准一些。后来又被召回日本的特务机关专门培训，继而跟着日本军队进入中国，从事一般官兵难以完成的特殊任务。这次，他跟随步兵第104联队队长海福三千雄大佐抵达广西南丹后，"中国派遣军"总部决定兵分两路进入贵州。

　　步兵第104联队号称有3800多人，打到广西南丹时，已不足3000人，兵分两路进军贵州，藤木跟着海福三千雄联队长这一路，不过只有1000多人。

　　从广西的南丹直扑贵州的独山，一路上长驱直入，几乎没有遇到中国正规军的抵抗。只是海福三千雄大佐让中国老百姓的冷枪打怕了，他命令所属部队通通去弄中国老百姓和军队的服装来穿，把军帽都丢了，枪倒挂在肩上，使中国军队和老百姓都认不出他们是日本兵，第一站是独山，稍事休整后，再直扑贵州省的省会城市贵阳，威胁重庆的国民政府，完成军部深谋远虑的战略，摧毁国民政府继续抵抗的意图。

在即将占领独山之前，海福三千雄召来了藤木，让他带上作战勇猛的士兵田仓，轻装简从，扑到独山前方的深河桥畔隐蔽，暗中保护这座桥，不要被中国人抢先炸塌。一旦深河桥被炸，部队在独山稍事休整后再向贵阳进军就会受阻。莫说几百上千人，再多的人，都会遭到居高临下的中国军队的痛打而坠入深渊。

海福三千雄联队长已获知准确情报，中国人将在近几日内，抢在日本军队之前，炸毁深河桥。

这座桥被一炸，不要说一个步兵第104联队的1000多人，就是把步兵第65联队、第116联队一齐调来，而对深河桥对岸山岭上居高临下、易守难攻的机枪大炮也打不过去。

故而，藤木和田仓两个人，肩负的使命至关重大，关系到几千上万日本军人的性命。

海福三千雄联队长指着地图上的标识让藤木和田仓看清了，他们要奔赴的，就是这座深河桥。

作为一个军事特务，藤木晓得自己要完成护住深河桥的任务十分艰难，他和田仓只是两个人啊！而他们两个人，要面对的是成千上万的中国人。别看公路两边逃难的中国人拖儿带女，奄奄一息，对眼前呈现的所有凄惨景象无动于衷，那是他们缺吃少穿，还有漫长的路要走。如若他们知道眼前的两个人就是日本军官和士兵，他们顷刻间就会爆发出震天动地的怒火，扑上来撕扯他们，骂他们，打他们，甚至张开嘴咬他们。他们恨死了日本军人，他们之所以落到今天这样家破人亡、妻离子散、骨肉分离、呻吟哭号逃难的地步，全都是"大日本皇军"打进中国的缘故。这般仇恨的烈火气焰，藤木是时时感觉得到的。故而在出发之前，藤木对基本不会说中国话的田仓一而再、再而三地下命令说，凡是同中国人打交道，一律由他开口，不允许他发出任何声音。

田仓当然是晓得其中厉害的，他答应在中国人面前装一个哑巴。但是藤木仍然不放心，尽管海福三千雄联队长说田仓是一名作战英勇的士兵，可他也听说，田仓特别喜欢中国的花姑娘，上海登陆以来，一连参加了好几个战役，联队里的士兵都晓得，田仓一有机会就要窜出去强奸中国的花姑娘。故而海福三千雄联队长明确田仓归藤木直接指挥以后，藤木直言不讳地告诉他，让他收起这份花心，不许造次，因为他们这次的任务太不寻常，一旦在中国人面前暴露他们是日本人的身份，他俩必死无疑。他们这次是深入敌后，身边不可能找得到任何援军。

即使如此，藤木还是看出，一路行来，只要身边出现女性，不单单是中国姑娘，就是逃难途中的女性、怀抱婴儿的少妇、扶老携幼的中年妇女，田仓仍会瞪圆了双眼，色眯眯地盯着她们看。

真应了中国的一句俗话：狗行千里改不了吃屎的习性。

藤木不仅仅要时时提防身边出现的任何中国人，他还得像防贼一般盯着田仓的举动。

他不是看不到这场侵华战争的大势，作为审时度势的军人，他太清楚"大日本皇军"这场侵华战争中付出了怎样的代价，"珍珠港事件"之后，"大日本皇军"的战线拉得太长，像田仓这样十八九岁，甚至比田仓还小的日本本土青年都被招入伍，派到前线打仗，说明国内兵源匮乏。和那些听见枪声就脸色发白、一进入战斗就哆嗦的小士兵相比，田仓无疑是一个有股武士道精神的勇敢士兵，藤木既要充分利用田仓的这份英勇善战，又要时时防备他露出破绽，坏了他们的大事。

海福三千雄联队长说得轻巧，只要长驱直入，沿着黔桂铁路线打进贵阳，再从贵阳沿川黔公路北击，中国"陪都"重庆指日可待。"大日本皇军"从东三省开始出击，铁蹄踏过了中国版图上的多少省份，这最后一个贵州山地省，还不就是我们"皇军"的囊中之物。藤木站得笔挺在联队长面前，连连点头说着哈依哈依，可他心头明白，中国政府已经调集了好几个军的兵力，要在贵州南部这一带组织会战，要凭几个联队不足 1 万人的兵力，和数十万人的国军正面交锋，谈何容易。

海福三千雄大佐在进入独山火车站边上的饭店二层楼时，见到独山城内除了燃烧的火焰和四处弥漫的硝烟之外，空无一人，便得意洋洋地在饭店大墙上写下四个歪歪扭扭的大字：

无血占领

士兵们见到了，纷纷效仿，一时间独山城内好几处墙上都写了"无血占领"，既显示了"大日本皇军"的威风，又标示出日本军人对中国军队的蔑视。

在藤木看来，作为一种宣传，一种心理攻势，这么写写也无妨。如若海福三千雄大佐真以为率领他的步兵第 104 联队，可以沿着黔桂线长驱直入，直捣贵阳乃至转而北上，经遵义打到重庆去，那也未免太过轻敌，是在做白日梦了。眼下几千人要对付中国军队集结起来的"黔南会战"，就是一块难啃的骨头。而要破坏中国政府调集何应钦、汤恩伯、张治中部的"黔南会战"，首当其冲的，是保护位于黔桂铁路线上的这座深河桥。如果任凭中国人把深河桥炸了，那么海福三千雄亲率的步兵第 104 联队这 1 000 多人，恐怕就要葬身在桥头了。

藤木不是一个只知道完成上司命令的帝国军人。他太清楚了，自从 1944 年秋，帝国军队集中 50 万人的兵力，大举进攻长沙、衡阳，攻陷桂林、柳州，继而分出一部分兵力，沿黔桂铁路线直逼黔境，已经完成了"中国派遣军"总部原先制定的"一号作战大纲"。

"一号作战大纲"要达到的目的是为了打通纵贯中国大陆的交通线，摧毁中国和美国空军在华中、华南的基地，援助

"大日本皇军"深入缅甸、泰国、越南地区的孤军，减轻他们的压力，并且保住必要时由中国大陆经朝鲜撤兵的最后通道。

事实证明，"大日本皇军"的"一号作战大纲"战略是英明的，从秋天到冬天，日军发动猛烈攻势，让国民党军损失兵力六七十万，占领中国大小城市146座、空军基地7个、飞机场36个，可谓取得辉煌战果。达到了对中国取攻势、对盟军取守势的战略目标。

那么，目标既已实现，为何还要孤军深入，作孤注一掷的冒险进军呢？

藤木心中对此再明白不过了。"大日本皇军"的威势已经在中国国土上充分展示，趁着国民党军正面战场的大溃败，日军正可以乘胜追击，完成早就有过的攻占重庆的打算。一个独山可以"无血占领"。不是么，才1000多人的步兵第104联队刚刚占领独山，远在一二百公里外的贵阳已经在喊紧急疏散，让所有军民撤退了嘛！

这是一个多么好的机会，多么难得的战机啊！

如若真能像电台在日本出发时大肆广播的那样，达到进攻省府贵阳、重镇遵义，直捣重庆的目的，那么日军就能在中国贵州创造奇迹，取得超出军事范围的政治效果，扭转日军在整个东亚战场上的预势。

为确保海福三千雄联队长率领的步兵第104联队1000多人像尖刀似的沿黔桂铁路线快速前进，保护住深河桥，确保这座桥畅通无阻，是一个关键性的任务。

连这座桥都过不去，还谈什么进军呢！

藤木深知，他和田仓两人保住了深河桥，就为"大日本皇军"立下了赫赫战功，其战绩是能彪炳史册的。

中国兵书上说，知己知彼，百战百胜。藤木再明白不过了，田仓再英勇善战，再智勇双全，靠蛮力那是守不住深河桥的。要保住深河桥不被炸毁，就得智守。如何智守呢？他心中无底。

真是苍天有眼，行进途中，遇到了一个乡下人。看得出他是个当地的农民，是个少数民族，这从他的衣着上就看得出来。依据藤木对中国农民的了解，这个穿着少数民族服装的精壮汉子，还是一个不识字的文盲。这从他脸上的神情，从他拿到一叠钱时欢叫着"发洋财啰"的举动，就看得出来。他太喜形于色了，胸中并无啥城府。藤木觉得，要利用他的憨厚勇猛来为己所用，完全是有可能的。

临近中午，雪花飘得愈加繁密起来，像千千万万只小蝴蝶在空中翻飞。风小一些了，只是上坡的路更难行了，雪花落在地上，打湿了地面，油滑油滑的，往前走一步，非得踩稳实了，才能走第二步。

罗智勇走在前头，还是比藤木和田仓走得快。这两个国军士兵，虽说是军人，爬这黔南的山路，差得远了。两个人离罗智勇的距离越来越远了。

上得一个土墩，罗智勇仰脸望望前面那个山垭口，只有二三百步了，他晓得，翻过那个山垭口，远远地就能看见深河桥了。他转过脸去，只见那两个国军士兵，摇摇晃晃歪歪扭扭地走得特别费劲，那种一步三摇的模样，直让人担心他们走不了几步就要跌倒。见他往后看着他们，那个叫藤木的，还扬起手叫了一声：

　　"等等我们。"

　　罗智勇吁出一口气，决定站在原地等他们走上来。恰在这时候，两个国军士兵身后闪出一个水族姑娘，小跑着追上来，边追边喊：

　　"智勇哥，等着我！"

　　嗨，这不是韦发菊嘛！是发妹的亲妹子，只比发妹小一岁半，发妹是头年春天出生的，发菊是第二年秋天生的，她出生的时候，坡上的野菊花开得繁艳艳的，就给她取名叫发菊。罗智勇听发妹说过这事。噫，稀奇了，韦发菊怎么会出现在这里呢？不是说朗寨上的人，都逃进山林里去躲灾了嘛。

　　罗智勇有点发愣地瞪着小跑过来的韦发菊。见她离自己近了，他不由问：

　　"你咋个这当儿闪出来了。"

　　"撵你呀！"

　　"撵我？"

　　"是啰！"发菊走到罗智勇跟前，气喘吁吁地道，"你刚走出寨子一顿饭工夫，我们一家子就走拢韭黄寨了……"

"那好啊！"罗智勇一听两眼都辉亮起来，这么说他就不消到朗寨附近的山山岭岭里去寻找岳父岳母一家子了："发妹就是怕你们有啥闪失，才让我来找你们的。她惦着你们，魂都不在身上了，连着几天睡不着。"

发菊把手一招："你不用去朗寨了，姐让我喝口水、吃了点东西，就来追你了！你走得真快，都快到深河桥了！"说着，发菊的手指了指山垭口。

藤木脸上露出询问的神情："碰见熟人了？"

罗智勇说："这是我妻妹，我不带你们去深河桥了。看！"

他转过身子，手指了一下前方不远两座大山夹峙着的山垭口，说："你们走到山垭口上，远远地就能看见峡谷中的深河桥。顺路走过去，就能到前面的桥头了。"

"怎么不去了呢？"藤木语气平和地问，"你不是说要过深河桥去的嘛！"

罗智勇笑起来，指了一下韦发菊，点头道："是的啰！我过深河桥那边去，就是为了找他们，现在他们已经到了我家，我还去干啥呢？哈哈，省去我好多脚力。"

"你看这样好不好？"藤木用商量的口吻，堆起一脸笑容道，"你好事做到底，这里离你说的山垭口也不远了，你带我们俩走到山垭口上，指我们看见了深河桥，就和你妹妹回去。我们身负任务，责任重大，怕走错了路，就坏大事了。"

23

"这个……"罗智勇瞅了瞅一路往山垭口去的上坡路，心里说这两个国军士兵真是缠人，一点点路，还要他作陪，心里犹豫着，这不是让他走冤枉路嘛！

藤木似乎看穿了他的心思，又加了一句："为抗日，你辛苦一点。"

这话一下打动了罗智勇，是啊，国军士兵往深河桥赶，为的是啥呢？还不是为打日本鬼子，他多走几步路又算个啥呢。他点了点头，正要转身往山垭口上走，双眼一直盯着韦发菊笑眯眯打量着的田仓，突然竖起大拇指，朝着发菊说：

"花姑娘的，大大的好！"

话一出口，藤木勃然变了脸色，怒气冲冲地瞪着田仓，咬牙切齿的模样几乎要揍田仓。田仓的话也惹恼了韦发菊，她气得胸脯起伏着，张嘴就厉声说：

"你嘴巴里生蛆！"

罗智勇一点也没起疑心。他不晓得藤木为啥怒形于色，发菊气恼还有点道理。山里人的风俗，陌生人不能当面夸奖未婚的女子。当面夸，等于是不怀好意。不过罗智勇觉得两个国军士兵是外乡人，情有可原。再说了，韦发菊长得美，在布依、水族山乡是出了名的。四乡八寨的人都晓得，韦发妹、韦发菊两姐妹，是"走路好比风摆柳，回眸一笑百花羞"的俏妹子，国军称呼她花姑娘，也没啥过分，发菊是像花一样美嘛。于是，罗智勇以息事宁人的语气对发菊道：

"你在这里等我一小会儿，我陪两个国军走上山垭口，就回转来。"说着把背篼放在发妹身旁。"行嘛！你要管这闲事你就管。"发菊噘了一下嘴，走离田仓两步，不满地说。

"多谢多谢！"藤木又换上一副笑脸，向罗智勇道谢，说着还愤愤地扯了田仓一把："你还在望什么，快走！"

田仓似乎一点也不把藤木的恼怒和发菊的气愤当回事，仍然色眯眯地盯了韦发菊一眼，这才不情愿地扯了扯背着的枪，往山垭口上走去。罗智勇想到发菊在等他，撒开双腿，用打猎时追赶麂子的速度，往山垭口上快步攀上去。

藤木跟在他身后，紧赶慢赶，没走上一二十步，气就喘得粗了，田仓的步伐也还算矫健，跟在后头。

上得山垭口，一阵迎头风刮过来，好冷，真是寒风刺骨。罗智勇用巴掌抹了一把脸，他发现，刚才下得繁繁密密的雪花，这会儿停了。前方峡谷里，一座石桥架在那里，连接着深河两岸。桥下三丈多深的河谷里，一条湍急的河流翻腾着白色的浪花。桥的两头，桥面上，都是蠕动着的流亡的难民。隔得还远，仍能听得到嘶声拉气地喧嚣。见藤木跟上来了，罗智勇指着桥说：

"看见没得，那就是深河桥。"

随而攀上山垭口的田仓探头探脑地张望着。藤木以商讨的语气道：

"兄弟，只问你一句话。"

"说嘛！"罗智勇回头往后望了望，韦发菊仍站在刚才他们站的土墩上等着。风吹起她水家姑娘的裙摆，还是那么美。

"要保护住这座桥，我们两个，"藤木指了一下跟上来的田仓，谦恭地问："呆在哪个位置最好？"

罗智勇听他口气，是诚心诚意的，便用他那一双布依族汉子攀山打猎的目光，扫视了一下深河桥两岸陡峭的山岭，那是黔南嶙峋嵯峨的石崖山地，像是巨兽的利齿啃咬过一般，高低错落，凹凸不平，坡面上时有几丛树枝茅草，在寒风中摇曳。他伸手一指：

"你们看，那个石窝怎么样？"

藤木和田仓顺着他手指的方向望去，两个人不由得露出了笑容。对于深河桥来说，那简直是个居高临下的地堡，一砣鼓突的石岩挡住了河谷的视线，呆在桥附近，举枪往上打，连目标都难以找到。而躲在石岩后头的人，则能把桥上桥下、桥头两侧所有的动静看得清清楚楚，尽收眼底。

藤木一拍罗智勇的肩膀，朝他竖起了大拇指："真有你的，天生一个狙击手！"

罗智勇听不明白他说的什么意思，但是知道这个国军是在夸他。他也憨厚地笑了一下。

藤木又问出一句话："我们……怎么过去呢？"

罗智勇看了一下，果真，从他们仨站的山垭口，要跑到他指的石岩后头，乍一眼真找不到路。坡斜得站不住脚不说，斜

26

坡上尽是乱石和野蔓野藤，走过去只怕要滚下山坡去。田仓的脸吓得拉长了。藤木的一双眼睛前后左右骨碌碌不停地在转。

罗智勇淡淡一笑，指了指脚下说："往这边走。"

藤木顺着他手指的方向瞧了瞧，满腹狐疑地问："往下走？"

"你看呀！"罗智勇的手指慢慢移动着。

藤木看清了，脚下是有一条若隐若现的弯拐小道。只是，只是这条羊肠小道仅仅通到那砣鼓突的石岩下头，走不到石窝上去。他不解地问：

"怎么上去？"

罗智勇眉头一皱，又指一下石岩边垂落下来既似藤又像竹的蔓条说："那是藤竹，牢实得很！抓住它，一个猴子翻身，就上去了！"

藤木双眼一亮，这看似没啥文化的"仲家"，还真机灵哩。他把目光扫向田仓，田仓听懂了他们的对话，当即把身上的背包和步枪往地上一放，搓了搓手，跃跃欲试地瞅着藤木。藤木一点头，他像头小豹子样顺着脚下的道，腾跃着踩着结实的脚步跑过去。

几块石头在他踩踏下往山坡下头滚去，眨个眼工夫，田仓已经跃到石岩下头，他伸出双手，抓住一把藤竹，狠狠地扯了扯，果然牢实。他灵活地一个翻身，果然翻了上去，站在石岩后头，朝着藤木和罗智勇得意洋洋地笑着。

藤木亲热地拍了拍罗智勇的手，又掏出一叠票子，递给罗智勇："谢谢你兄弟，你帮了国军大忙。给，这是奖赏你的。"

看见田仓敏捷的身姿，罗智勇觉得，国军到底是国军，还是有两下子的。藤木又要给他钱，他有点不好意思要，吃了他苞谷粑，收了钱，是理所当然的，这几步路，算个啥呢，再说，他们不也是为抗日，打鬼子嘛！他"嘿嘿"笑着，摸了摸后脑壳，没接钱。

藤木把钱往他怀里塞过来："你收下，辛苦了！"

罗智勇这才把钱收好，朝藤木挥挥手，转身步下山垭口。

藤木看着这穿仲家服饰的汉子走远，收回了目光，捡起田仓放在地上的"三八大盖"和背包，定了一下神。这时候，他才恢复了日本"皇军"特务的身份。

"藤木君！"田仓看他呆痴痴的模样，站在石岩后头朝他兴奋地使劲招手。

难怪田仓兴奋，藤木同样兴奋得几乎要发狂。

海福三千雄联队长交给他俩的任务，保护好深河桥不被中国军队的工兵炸塌，原来是一个很艰难、很模糊、不可捉摸的任务。他俩只晓得这任务重大，关系到"大日本皇军"能否像一把尖刀似的直插贵阳，继而威胁重庆，动摇中国军民抗战的决心；关系到步兵第 104 联队 3 000 多官兵的命运，关系到和步兵第 104 联队同时打进贵州的包括步兵第 65 联队、步兵第 116 联队、山炮兵第 19 联队、工兵第 13 联队、辎重兵第 13

联队在内的第13师团2万多"皇军"的命运。藤木心里清楚在号称山高谷深的中国贵州省，要打到贵阳去，只有这一条黔桂铁路线，逃亡的中国难民把它称作"见鬼路"；而深河桥则是这条路上的咽喉。深河桥一被炸，不说步兵第104联队所属的第13师团2万多"皇军"去不了贵阳，连同第13师团同样要打进贵州的第3师团，"中国派遣军"第11军共4万多官兵，都会在中国政府调集几十万军队组织的黔南会战中吃败仗，乃至身陷绝境。

这会儿，刚刚来到深河桥头，傻傻的仲家小伙子就给他俩找到了这么一个中国成语说的"一夫当关，万夫莫开"的绝佳狙击位置。他和田仓两个人，只要躲在这一块厚实的石岩后面，两眼盯着深河桥的上下，发现有中国工兵想要炸毁桥梁，一枪一个射死他们，深河桥就不会被炸。他和田仓只须在这里坚守一两天，已经"无血占领"独山的海福三千雄大佐，就会亲率1000多"皇军"赶过来，彻底控制住这座桥梁。然而，分兵进击的步兵第104联队另外的1000多官兵，也会及时来到。那么，"皇军"就会以德国人创造的"闪电战"方式，出其不意地打进贵阳城。哈哈哈，到那里，藤木就为帝国立下大功了。

藤木学着田仓的方式，矫健而又敏捷地几步窜到岩石下面，把两支"三八大盖"和背包递给田仓，然后一个猴子翻身，在田仓的接应下站到大岩石后头。

就像那个愚蠢的仲家汉子说的，这石头后面简直就是一个天然的地堡。他是怎么说的，说这地儿像是个石窝。哈哈！藤木站稳之后，连忙趴着岩石，往深河桥头望去。

一辆木炭车斜横在桥头，阻挡了潮水般想要涌过桥去的难民们，他们啼哭着，高举着手呼叫着，拥挤着，推搡着，有老人不堪挤压倒在地上钻到了车下，有姑娘凄厉地哭喊，后面看不见前头情况的难民还在不停歇地拥来。道路在桥头完全堵塞住了。

"嗨嗨嗨"藤木不由得笑出声来，他犀利的目光已经搜寻过了，人堆里根本没有中国军人。在这种混乱之下，就是中国工兵赶来了，他也无法炸桥。这么多扶老携幼的难民，炸塌了桥，都将坠入深渊，他搜寻的同时，也没发现海福三千雄联队长派出的混进难民群中前来协助他俩完成任务的二等兵管原源六。按照事先约定的，为了便于他俩辨认，管原源六的脖子上该围一条雪白的毛巾，藤木来来回回在喧嘈蠕动的人群里找了几回，也没见到脖子上围一条白毛巾的人。

他转过脸来，对探头探脑同样在张望的田仓道：

"看见管原源六了吗？"

"这个胆小鬼，"田仓鼻子里不清地"哼"了一声，"他会走得和我们一样快？我看了，没见脖子上围白色毛巾的。"

"他胆子小，命大啊！你没听说，一颗炸弹把他一个班的人炸得死的死，伤的伤，他毫发无损。"

田仓"嗤"地笑出声来："他算个什么男人，花姑娘扒光了衣裳，他都不敢扑上去。"

一句话惹恼了藤木，他厉声喝道："'把噶鸭落'！你的大混蛋一个……"

"我?"田仓显然没料到藤木为啥斥骂他，指着自己的脸道，"大混蛋么?"

"就是你!"藤木的手直直地戳向田仓，怒斥道，"刚才一看见那个仲家女子……"

"仲家?"田仓露出滑稽的脸相，"不是中国的花姑娘么?"

"这是中国南方的少数民族，"藤木说着，尽力在自己的记忆里搜索着书上的介绍，显示他是一个真正的"中国通"，"中国古书上称他们为僚人，后来相当长一段时间，称他们仲家。在广西那边是壮族，贵州这边他们自称是布依……"

"管它是啥唷，在我眼里，都是中国的花姑娘。"田仓显然不想听他的唠叨，截住他的话道，"藤木，你不觉得那花姑娘美么? 你不是男人吗?"

"我怎么没看出来，"藤木抢白了田仓一句，他想说我有修养，可是对田仓这种人谈什么修养呢! 他改口道，"那姑娘美得勾魂……"

"我说嘛我说嘛，嘿嘿嘿，"田仓得意地笑出声来，"我还以为你的眼睛真瞎了呢! 原来你还是看见了呀!"

"看见了又怎样，我们身负重大任务。"藤木气咻咻地提醒田仓。

"我就是想到肩负重任，"田仓承认道，"不是想到任务，我早扑上去了。那花姑娘真逗得我性起。"

田仓不无懊悔地转着眼珠道。

藤木冷冷地道："可你一句话，险些暴露了我们身份。"

"有么？"田仓丝毫没有感觉。"你说花姑娘的，大大的好！还竖起了大拇指。"藤木点穿道，"这是标准典型的日本军人的说法，中国人从来不会这么夸人家姑娘。"

田仓不服道："那他们怎么没……"

藤木劈手打断了田仓的话："那是他们没和'皇军'打过交道，他们是仲家，明白了吗？"

说完，藤木的两道目光，箭似的射向田仓。

田仓打了一个寒噤，他仿佛这才意识到，藤木是他的上司。海福三千雄联队长对他说过，在两人执行任务时，要无条件地服从藤木。藤木是帝国派遣军总部派下来的官员。

田仓服从地说道："明白，藤木先生。"

藤木点点头，放缓了语气道："你回转身看看，还能看见他们吗？"

田仓转过身去，只能看见侧边山垭口勾勒出的一片天，天空中有云雾飘过。他摇头道："看不见了。"

藤木吁出一口气："幸好把他打发走了。我们盯着深河桥头吧。"

"哈依！"藤木没有进一步责罚他，田仓表现得毕恭毕敬。

罗智勇三脚并作两步走回到脸色冻得发青的妻妹发菊面前，发菊就朝他不满地嚷嚷。

"哥。上了山垭口，你咋个磨蹭了这么长时间?"

"嗨，"罗智勇笑着缓和气氛，说，"上了山垭口，那两个国军一连打听了好几件事。""什么事?"

"一会儿是哪个位置最好，一会儿怎么爬到石窝上去……"

"他们想干啥?"

"说要保护住深河桥，不让它被炸了!"

"你说啥子?"发菊嚷嚷起来，"我和爹妈，还有弟弟一路跑来韭黄寨，都听说国军要炸深河桥……"

"好好的桥，炸它干啥?"

"不让日本鬼子打到贵阳去啊!"

"可你看看，"罗智勇的手往山垭口那边指了指，"多多少少的难民啊，都要争着过桥。炸塌了，那么多难民咋办?"

"你的脑壳不要只有一根筋了，哥，"韦发菊不耐烦地摆摆手道，"你口口声声说那两个兵是国军，我看他俩啊，只是穿着国军黄狼皮的兵崽崽!"

"莫打胡乱说!"

"我一点也没乱说，哥，你没仔细看那个小兵崽盯着我看的眼光，有毒!"

罗智勇讪笑道："那是你长得俏啊!妹子，我都听小伙朝你唱哩'不断回头望妹子，多望几眼心才甘'。"

"那是你对我姐唱的吧！"发菊反唇相讥，接着马上转换话题，"说认真的，哥，我闻都闻得出来，那两个兵崽身上的气息不对。"

"你说他们是啥气息？"

"日本鬼子的气息！"

"乱猜！"罗智勇只觉得浑身打了一个寒战，两个日本鬼子，和他一路走了好一阵子，互相之间还说话哩。他连连摇头："不对，不对，那个和我说话的，中国话讲得一溜顺嘴。"

"另一个呢！"发菊提醒道，"一开口就朝我叫花姑娘，还说大大的好！"

罗智勇愣怔了一下，是啊是啊，中国人哪个喊人家花姑娘？只有日本鬼子的兵崽崽才这么叫。赶场去独山县城时，那些老师学生在街头演的活报剧，扮演的日本兵不都这么称呼中国女学生吗？

罗智勇眨巴着眼，说不出话来了。

发菊的语气放缓了，耐着心肠道："哥，你当真没听说嘛，窜进贵州的日本兵，混进我们的难民队伍中，都拱进来了，他们打进独山县城前，先摸进我们朗寨来问路的，也会说中国话，穿老百姓的衣裳！这哪里是人啊，都是些魔鬼，看见年轻姑娘，拖起就往屋里逮。"

罗智勇的牙根咬紧了，眼睛里喷出火来。这么说他是遭骗了！但他仍有点将信将疑，那个叫藤木的，脸貌清秀，说一口地道的北方话，难道真是日本鬼子？他慢吞吞地问发菊：

"你说，我们该咋个办？"

"咋办？你没被他俩杀了算是万幸！"发菊道，"回家呗！发妹喊我追你，就是怕你有个三长两短。"

"不！"罗智勇果决地摇头。"你还要干啥？"

"弄清楚。"

"这深河桥，到底该炸还是不该炸？"

"你管得到那么宽吗？"这回轮到发菊不解了，"反正我是听说，要把桥炸了，担心占领的日本兵打贵阳、犯重庆。"

"可那么多的难民……"罗智勇脑壳里转不过这个弯来，他把巴掌狠狠地朝下一劈，"发菊，走，我们一起去深河桥上看个究竟。"

韦发菊望了望高处的山垭口道："我们又不到山垭口上，被那两个人看到……"

罗智勇提起放在发菊跟前的背篼，背在身上，又抓紧了那一管猎枪道：

"我们不走山垭口，谋一条路过去。"

说着，他不由分说地走去。韦发菊愣了一下，一跺脚，跟在他身后走上一条茅狗小路。

这天真的冷，没想到中国西南靠近广西的贵州，入冬以后也会飘雪。

猫在岩石后头轮流朝着深河桥观察的藤木和田仓吃了点压缩饼干，喝了点冷水，肚子是不饿了，就是感觉一阵一阵的阴冷。躲在冰冷的岩石窝里，靠不能靠，躺不能躺，又不能伸展四肢活动，脚趾都冻僵了。藤木和田仓分了工，田仓盯住深河桥头的动静，看有没有中国军队的工兵来到桥头，这种厚实的青冈石桥，要把它炸塌，动静是很大的，首先要驱赶潮水般涌来的难民，上了桥的赶紧过桥，没过桥的得堵在路上不准前进，还得装炸药包，接引线，没一顿饭的工夫，是炸不成桥的。藤木呢，警觉地观察四周的情况，山垭口上有没有人走来，这么近的山巅高处，会不会有人注意到他俩，深河桥两岸不时蠕动着的难民队伍，有什么异动。只要坚守到天黑，海福三千雄大佐率队赶到深河桥，他和田仓就大功告成。在海福大佐率部队到来之前，管原源六该围着白毛巾赶来桥头啊！这号称机灵鬼的小子，怎么到这时候也不见人影呢？

　　浓云遮着山巅的峰峦，飘过一阵冷飕飕的细雨，一会儿又不落了。只是山垭口边刮来的风，一阵紧似一阵，更冷了。天色迅疾晦暗下来，藤木觉得这会儿该是下午四五点钟了。可是一看手表，才下午 2 点刚过。离黄昏还远着哩！

　　"藤木君，你看！"田仓小声地招呼着。

　　藤木连忙凑到田仓身旁，往田仓手指的方向望去。

　　横在桥头的那辆炭车旁边，不知什么时候又塞进一辆车来，那是卡车，凭藤木眼力，一眼就看出这是中国军队的卡车。卡车上站满了荷枪实弹的军人，有人在放下后挡板，手持美式卡宾枪的中国军人纷纷跳下车，成斜斜的一条线向朝着涌来的难民们压过去。难民们叫着、喊着、哭着，不情愿地往后退去。他们挥舞着手臂，有的还在退后中倒下去。而已经抢先登上深河桥的难民，纷纷向着河对岸奔跑，似乎见着了一条命。

藤木指望着后面的难民继续涌来，使得退潮般的难民们无路可退。

但是他往来路上张望时，他失望了。来路上的难民们已经在前头被同样的卡车和中国军队阻拦住。

这么说，工兵很快就将出现，中国军队说到做到，他们要实施炸桥了。他和田仓的事儿来了。

"你看到了吗？"田仓转过脸来问。

藤木侧转脸，疑惑地瞪着田仓："看到了什么？"

"脖子上围白毛巾的。"田仓用手指尖往桥头点了一下。

"管原源六？"

"不止一个人，"田仓稍提高一点声音，"至少有三个人，你仔细看。"

藤木顺着田仓手指的方向望过去，他只看到了乱成一堆的难民们在拥挤、推搡。从上往下看，他看不见他们的脸，更不易看见他们脖子上的白毛巾。况且男女老少堆叠在一起蠕动不停的人群里，不少都戴着浅颜色的围巾。藤木困惑而费劲地找着。

田仓的手又一指："瞧，卡车轮子和车门边上那个，是不是管原源六？"

经田仓一提醒，藤木看到了。这小子被挤得动弹不得，却还时不时地把手举过头顶，好像他晓得，有人要寻找他一样。果然机灵，他差一点就挤过深河桥去了。

藤木吁出了一口气，管原源六和他的伙伴出现在桥头，这么说，海福三千雄大佐亲率的"皇军"精锐部队，也快到了。他和田仓只要顶住这一阵子，不让中国工兵实施爆破，保住这座桥，他们就为帝国立下了大功。

"准备狙击。"藤木两眼紧紧地盯着深河桥头的中国军人，目不转睛对田仓下达了命令。

田仓悄悄答复："子弹上膛了。"

这家伙，动作利索。藤木是个神枪手，瞄准以后，一枪一个，从未失过手。今天他的子弹，要让爆破深河桥的中国工兵尝尝滋味了。同时，他也想当场看看，被海福三千雄大佐赞赏作战勇猛的田仓的枪法。为防意外，他又叮嘱一句：

"听我的命令射击。"

"哈依！"田仓答应着。

桥头被堵着退回去的难民们又一次随着哭嚷声涌动着朝桥面扑上来，手持卡宾枪的中国军人根本挡不住他们潮水般涌来的势头，不断往后退。

藤木狞笑一声："看你们敢对自己的老百姓开枪。"

他料准这些中国军人也不敢。

"砰！"一声枪响。

藤木惊了一下。定睛望去，这是一个站在军人们旁边的军官开的枪。只看见涌动着的难民们渐渐平静下来。

藤木下令："瞄准那个军官。"

"哈依！"田仓兴奋地答应一声，调转枪口。

军官移动一下脚步，走到一排军人前面去了。只见他的手臂挥舞，慷慨激昂地说着什么。人影隐在军人们身后，看不清晰。

他一定是说了什么震慑、恫吓，或是令人信服的话，那些骚动不安、哭哭啼啼拼命往前走的难民们驯服地往后退去，不再蜂拥着往前方挤了。

军用卡车旁的中国工兵们迅速地忙碌起来，他们搬动着炸药包、炸药引线，往深河桥两边麻利地跑动着。

"要打吗？"田仓手痒痒地问。

藤木的眼光搜索着刚才神情激动地说话的军官，但是军官的身影闪到卡车后面，没再走出来。

一个工兵肩上扛包，往桥洞那边走去。他扛着的肯定是炸药包。

藤木下令："瞄准那个扛炸药包的，射击！"

话音刚落，田仓手中的"三八大盖"一声枪响，藤木看得清清楚楚，那个工兵应声而倒，炸药包丢落在地上。

难民人群发出凄厉的惊叫声，人们惊慌失措地往公路两侧的山坡上四散跑去。有的躲在一块块巨石后头，有的往茅草笼里乱钻，深河桥头顿显一片混乱。

看着准备往桥洞里安放炸药的国军士兵被冷枪击倒，罗智勇不由自主往山垭口那边望去。他的心往下猛地一沉，他给那两个伪装成中国军人的日本鬼子找到的，真是一个好地方。从深河桥旁的土坡往上头望，根本看不到他俩的人影。连乌洞洞的枪口都找不着。而深河桥上下的一举一动，呆在那居高临下的地方，却能一目了然，看得清清楚楚。

"你还消去问国军么？"韦发菊不满地对他嘀咕着，"跟你说那是两个鬼子吧，你还要弄明白啥子？"

罗智勇一脸的失悔和恼怒，气得他胸脯一鼓一胀地直出粗气。抄茅狗小路来到深河桥前，要比翻越山垭口下来要多走三倍的路。他和韦发菊跌跌撞撞刚来到桥前的刺笆笼坡上，难民们连天喧嚷着要过桥。从卡车上下来的国军军官朝天开了枪，才把那一阵喧嘈压下去，这军官用苦口婆心的语气道："你们要过桥，过桥到哪里去，不就是往贵阳、往昆明、重庆逃难嘛！跟你们明说，打进独山城的日本兵马上追过来了，他们就为保住这座桥赶来的。这座桥掌控在日本人手中，踏进贵州的5万多日本军队，都要从这座桥上通过，进军贵阳、进军重

庆。国军调集几十万大军要打黔南会战，就是要把侵犯贵州的
5 万多日本兵阻击在这大山之中，不让他们前行一步。你们想
想嘛，是要你们的命，还是要这个国家？嗯，国家亡了，你们
还能有命吗？"

一席话，说得难民们鸦雀无声。只有一个嗓门斗胆问了
一句：

"桥炸了，那我们逃往何处？"

"跟着我走。"军官大声回答，"这附近的大山里，都是我
们的同胞，都可以容身。"

难民们服气了，国军动作麻利地准备炸桥时，却遭了冷
枪。气氛顿时紧张、恐怖、不安起来。

军官在卡车后面喊着："机枪呢，架起来，对准山上，有
动静就开枪。二班副，把炸药包捡起来，按计划炸桥，快！没
时间了。"

罗智勇检查了一下自己防身的猎枪，转身就往山坡上跑。

"哥。"韦发菊看他一脸倔相，叫了起来，"你跑哪里去？"

"我去干掉那俩狗日的！"

"背篼不要啦？"韦发菊抓起背篼，嘶声喊。

"你背上，"罗智勇头也不回地道，"回家去。"

说着撩开双腿，像追赶猎物似的，疯了一般跑起来。

罗智勇自小在岭南的山林中长大，打猎撵山时追赶起野
兔、野猪、鹿子来，那般劲头活像一阵风。这会儿他憋足了一

41

口气，跑得比风还快。只一会儿工夫，他就攀上了比山垭口石窝还要高的一处山崖上。这地儿位置好，高出石窝有二三丈，只是一大块褐色的崖石遮挡着，看不见石窝里两个鬼子的动静，连他俩戴着黄军帽的头顶都看不到。罗智勇只听见石窝里的两个鬼子，不慌不忙地朝着深河桥头打枪，枪声过后，深河桥畔就传来一声两声哀叫，他探出脑壳去张望，就见准备炸桥的国军，又倒下了一个。

罗智勇心里急得毛焦火燎，这都是他给鬼子找的易守难攻的地势。他怎么会做出这种事来？越是急，心头越是悔，越是悔，他越是想尽快把这两个骗人的鬼子干掉。可在这崖头上，只差那么点点儿，枪管就是瞄不准石窝啊！如果他俩把脑壳探到这边来一下，他就能扣扳机了。可日本鬼子同样怕死，脑壳总是缩在石窝里头，即使击中了深河桥头的国军，两个鬼子兴奋地"叽里呱啦"欢叫，他们也不把头伸出来。罗智勇的牙关咬得紧紧的，狗鸡巴翕的，只要他们露个半边脸，他也能一枪崩掉他们的脑壳。

"哥，看得到吗？"韦发菊的声音在他身后响起。

"你咋个上来了？"罗智勇没好气地问："不是让你先回家么！"

"我是上来找你的。"韦发菊喘息着道："你不回去，我咋个向我姐交代。"

罗智勇只顾着找那两个鬼子的脑壳了，根本没察觉韦发菊跟在后头也爬上来了。这个憨姑娘，她把背篼也背上来了。对啊，背篼里也有苞谷粑，发妹蒸的，香喷喷的苞谷粑，罗智勇晓得苞谷粑为啥特别香，那是发妹蒸的时候撒了桂花。龟儿子，这么香的苞谷粑，还傻呵呵地拿给两个日本人兵吃了，让他们吃饱了来打中国人，而他，他罗智勇偏偏收了日本鬼子的钱，揣在胸前，他都干了些啥子唷！

罗智勇悔得揣钱的胸前就像堵着一团火，他的脸都涨红了，两个眼珠子也鼓了出来。就在这时候，一个念头出现在他脑子里，他瞬间把这念头抓住了。

"发菊，我跟你说个事。"

韦发菊往他跟前凑了凑，小声道："哥，你说。"

罗智勇转脸望了发菊一眼，不禁抿了一下嘴，有点犹豫。发菊长得和发妹太相像了，美得让人的心儿发颤，她能干好这么险的事吗？

罗智勇凑近发菊的耳畔，悄悄说出了自己的计谋，那忽然飘上来的念头。

发菊仔细听完，翻起眼瞅了他一眼，问："哥，你看准了，能打中？"

罗智勇拍了一下自己的猎枪，用肯定的语气道：

"哥还会骗你？"

"那我这会儿就去。"发菊退后几步。背起背篼，往崖石下走去。

罗智勇抬头望了望天，峡谷里的雾气上来了，云层越发厚起来，天色晦暗下来。山山岭岭里，出奇地静，静得能听见深河桥下湍急的流水声。

石窝里的鬼子又在朝着深河桥头放枪了，"砰！砰！"两声。

深河桥畔再次响起哀叫和惊喊，继而机关枪又往石窝方向打出一连串爆炒豆样的子弹。罗智勇甚至能听到崖石被打得炸飞的声音。但是他晓得，这都没用，打不到两个狡猾的日本鬼子，他们猫在石窝后头，可能还在偷偷地笑呢！

罗智勇心里真是火烧火燎的难受。他瞪圆了喷射怒火的眼睛，悄悄地把猎枪的枪筒伸出崖上的荆棘灌木丛，稍稍地往下，对准了那个山垭口，对准了他为两个日本鬼子找的石窝口。要不了多长时间，发菊妹子就会在山垭口上出现了。

好像在印证罗智勇心里的念头，飒飒的风声里，韦发菊在山垭口上出现了。罗智勇看得分明，这姑娘解下了她束在腰间的那条绣花围腰，围腰上放满了苞谷粑，朗声朝着石窝喊：

"老总，哥叫我来给你们送吃的。"

"花姑娘！"石窝里响起那个叫田仓的日本兵一声惊喜的欢叫。"你的，送过来。"

"我送不过来啊。"韦发菊仰着脸，脸上含着笑，风吹起了她穿的裙子，吹散了她的鬓发，冻得她的脸红通通的，一双眼睛辉亮辉亮，她颤声说，"你们过来取吧！"

没待罗智勇看清楚，田仓跃出了石窝，双手抓紧了藤竹，滑行到了石窝下头。

罗智勇调整枪口，没等瞄准，田仓已经朝发菊跑过去。一切发生得太突然了，藤木都来不及思索。埋伏在仲家小伙子给他俩找到的这个天然坚固的掩体里面，一枪一个，他俩已经毫不费力地干掉了三个企图炸掉桥的中国工兵。居高临下响起的枪声，吓得那些中国工兵趴在那儿都不敢动弹，只是盲目地朝着山崖上乱放机关枪，逗得他和田仓一阵阵嗤笑。藤木已经看过表，时间已过下午4点。坚守到黄昏天黑下来，一点都没有问题。海福三千雄大佐亲口对他说过，最晚在天黑之前，"皇军"的先头部队会赶到深河桥头，掌握住这座至关重要的石桥。藤木甚至觉得，不用等到天黑，他们就会到了，因为他已经趴在石窝里，居高临下地看到那个脖子上围着白毛巾的管原源六，解下了白毛巾，躲在树丛里朝着他俩挥舞。这不是明确告诉他俩，先头部队就要到来了嘛！

正在藤木洋洋自得地陶醉在胜利完成任务的喜悦里时，山垭口上出现了那个美丽的仲家姑娘，她太美了，别说田仓被他的形象所吸引，连藤木都被她的美惊呆了一瞬间，她那红扑扑的脸蛋，她那星光般的眼睛，她那一身仲家服饰，太炫目了！

当藤木感到那姑娘的出现有些意外，警觉地扑到石窝旁，探出头去担心跳出石窝的田仓，叫出一声"不要……"时，枪声响了。这不是他们"皇军"使用的"三八大盖"的枪声，这是仲家火铳的枪声。枪筒里的铁沙子、火药混合着铁钉铁条烘热地喷吐在藤木的脸庞上，藤木只觉得眼前一片火球，倒在石窝里。

田仓像一头饿狼般扑向韦发菊的时候，罗智勇的枪口没来得及调整过来，当他正要调整枪口时，会说一口中国话的日本兵探出了脑壳，扬起了手。罗智勇咬牙切齿地扣动了扳机，"轰"地一声响，一枪筒满满的火药全喷打到了鬼子脑壳上。这火铳枪当然不如鬼子的"三八大盖"厉害，但是罗智勇晓得，中了他这一枪的，同样活不出来。

他连忙低头往枪筒里灌火药，来对付扑向发菊的鬼子。

田仓一下子扑倒了捧着苞谷粑的韦发菊，苞谷粑在山垭口坡地上散了一地，拼命反抗的韦发菊和田仓在地上滚作一团，罗智勇无法瞄准。他怕一枪打出去，伤着了妻妹发菊。急得罗智勇腾身跳起来，提着猎枪往山垭口上飞跑过去。

田仓一心要制服韦发菊，他几次把韦发菊扑倒意图撕掉她的衣裳，都被奋力反抗的韦发菊挣脱，几番翻滚，发菊已筋疲力竭时，田仓骑在她身上，双手按住她的胸脯，发菊摸出了护身的刀子，使劲捅向他的腰部。被刺伤的田仓嚎叫一声，双手抓住韦发菊的脑壳，歇斯底里地砸向她身后的山石，一下、一下、又一下，直到砸破了脑壳，血染红了石头，田仓才直起身子来。

飞身赶到的罗智勇抢起猎枪的枪托，狠狠地朝着田仓的络腮胡子脸挥了过去，一枪托就把他打翻在地。看到韦发菊被残害的模样，罗智勇又一次举起枪托，自上而下砸向田仓鼻歪嘴咧的脸。看清他没反应了，罗智勇一扔猎枪，扑到韦发菊身旁，托起她的脸，哭天喊地地吼着："发菊，发菊，你醒醒！天哪……"

他连喊几声，发菊只是大睁着一双美丽的惊恐万分的眼睛，没有任何回应。他的手一探发菊的嘴，发菊已经没一丝气息了。罗智勇双膝跪地，哭泣着道："发菊，是我害死了你呀……"

恰在这时候，深河桥头震天动地地响起了爆炸声。

深河桥炸塌了。

1985年，作为侵华日军的二等兵管原源六和另外八个日本人于阳春三月来到了独山，在深河桥头，他长跪不起，忏悔地说：

"那一天，我躲在巨石后头，亲耳听到了地动山摇的炸桥声。是的，我脖子上围着白毛巾，趁枪声渐稀，我还解下白毛巾朝着打冷枪的藤木和田仓挥舞，不过我挥舞的目的不是向他们通风报信，而是奉海福三千雄联队长之命，来通知他们后撤。桥炸塌之后，步兵第104联队的先头部队几十人，赶到了桥头，他们面对湍急的河水，根本过不了河。也是在这时，他们接到了第13师师团长赤鹿理中将的命令，要他们撤退。"

3月19日，在独山随后召开的座谈会上，管原源六又说：

"1944年12月4日晚惊魂未定地回到独山驻地，我们步兵第104联队就奉命立即向广西撤退。我们撤出独山，天寒地冻啊，又没吃饭，还让我们跑步撤退，掉队的不管。一路上，中国老百姓不断阻击我们，有埋伏的，有打冷枪的。我随海福三千雄联队长亲率的这一队，开始撤退时有250名士兵，从独山撤到广西的全州，只剩下21个人了，其余的全在中国军民的围剿阻击下，死了。第104联队、第116联队、第65联队，都属第13师团，1945年8月日本投降后，侵入过贵州的第3师团和第13师团，都在江西的南昌被缴械，彻底投降了。"

故而人们说，日本鬼子在卢沟桥打响第一枪，而在深河桥收回他们侵略的魔爪，节节败退。

我去贵州插队落户时，老乡们对我说："贵州是块福地，日本人那么凶，打到独山也缩回去了。"

老百姓的话，也是基于"黔南事变"中阻敌于深河桥的史实吧。

故而，在纪念抗战胜利70周年前夕，位于都匀独山的深河桥抗日战争展览馆修缮一新，向所有前来的人们昭示那一段历史。

至于罗智勇和韦发菊，一个布依族小伙子，一个水族姑娘，没有被授予过任何的奖赏和荣誉。韦发菊只是"黔南事变"中被打死、冻死、饿死、残害而死的2万多遇难者中的一个。而罗智勇呢，一开头我就说了，他只是寨邻乡亲们称作"乖甲习"的一个汉子，在认可他的勤劳纯朴的同时，还说他有点憨。

这可能正是我始终记得他，记得他身上发生的故事的原因。

深河桥头

（电影文学剧本）

茶　羽　改编

深 河 桥 头

（电影文学剧本）

人物小传：

勒普：

勒普是贵州省独山县水头寨的一个年轻人，出生在一个普通的仲家（布依族和云南部分壮族旧称）家庭，常年生活在宁静的山野中。自幼与发小勒莫关系亲密，两人曾是无话不谈的好兄弟。

尽管生活平静，但勒普心中始终怀抱着对自由和平的渴望。勒普是一个正直、勇敢且富有责任感的年轻人。他虽然不愿意离开家乡去外面的世界闯荡，但对家乡的爱非常炽热。他有一颗善良的心，乐于助人，不畏艰险。在遇到危难时，他总能挺身而出，保护自己所爱的人。

勒普被迫卷入战争，是因为家乡的安危和亲人的存亡对他来说极为重要。尽管没有受过正式的军事训练，但他的勇敢和智慧使他在与敌人的对抗中不断成长。他对韦发菊的爱也是他强大动力的一部分，这不仅推动他参与抗战，还激励他在面临巨大挑战时做出自我牺牲。在过程中，勒普从一个普通的村民成长为一名真正的战士。他必须面对背叛、牺牲与痛苦，在残酷的战争中做出艰难的抉择。最终，他选择以自己的性命换取国家和家乡的安宁，完成了从普通人到英雄的蜕变。

陆聚兴（勒莫）：

原名勒莫，是勒普的发小，多年前离开家乡，立志去外面的世界求学，后来加入国民党军队，并成为一名士官。在故事中，他隐瞒了自己真正的身份和使命——实际上是日本间谍组织"梅机关"安插在国民党队伍中的间谍。

勒莫是一个深思熟虑、聪明伶俐但复杂的角色。他表面上正义感十足，内心却隐藏着巨大的苦闷和野心。勒莫最初的驱动力是脱离贫困和未知的命运，想要改变自己和家乡的未来。随着时间的推移，他的信念逐渐扭曲，被个人和物质利益所支配。在长时间接受日本人的"恩惠"后，他的心理逐渐转变，认为与日本合作是他唯一的出路。他从一名志向远大的青年变成了一名复杂的反派人士，其矛盾和挣扎也为剧情增加了层次。他的背叛最终被揭穿，让他与曾经最亲密的朋友勒普对立，直到最后那场决定生死的决斗。勒莫在情节的推进中，体现了一个人如何在极端条件下走向极端，展示了人性的复杂和脆弱。

龙诺：

国民党某部运输连队的连长，同时也是黔南的仲家人，跟勒普等人相熟。但他的真实身份，实际上是中共地下党员。当年是为了混口饭吃加入了国民党的部队，恰恰在部队中接触到了潜伏其中的中共地下党员，经过学习并觉悟后成了一名中共地下党员。他此次的任务就是配合好单雄的部队执行炸桥任务，阻止日军的前进。在第一次运输的炸药被勒普等人摧毁后，他已经意识到仲家人与单雄之间产生了误会，也意识到其中有日本的间谍人员挑拨，所以一边运送炸药确保完成任务，一边想方设法找出潜伏在仲家人中的间谍。

龙诺原本只是一个普通的黔南百姓，但是他和勒普一样，怀着一颗保家卫国的赤胆忠心，虽然身处国民党的队伍，却接触到了无产阶级思想，觉悟成为一个革命者。过程中他一直试图引导勒普作出正确的选择，也为阻止日军做出了巨大贡献。

韦发菊：

她是勒普的心仪对象，住在离水头寨不远的南江寨，是一位美丽善良的仲家姑娘。她与勒普青梅竹马，两人情深意重。在这片战火纷飞的土地上，她象征着爱与希望，是勒普心中的一盏明灯。她坚强、智慧且善解人意。她不仅是勤劳的村中姑娘，还在战争时期表现出勇敢和坚定的品质。面对亲人被杀、家园遭毁，她没有退缩，而是选择为爱人和村民们提供帮助。韦发菊的行动源于对勒普的爱和对家乡的热爱。她的每一个行动、每一个决定都是为了保护亲人和村民。她愿意为心爱的勒普承担风险，不惧险阻。同时，保卫家乡和家人的安全也是她自然而然的责任。

在故事中，她从一个普通的村姑娘成长为一名不畏艰险的勇士。随着战争的推进，她经历了亲人被杀、村庄被毁，甚至自己被侮辱和杀害的惨痛遭遇。她的死不仅让勒普彻底转变，也让他坚定了复仇和保卫家园的决心。韦发菊的牺牲为故事增加了情感的深度和悲剧性。

单雄：

单雄是国民党军队的一名军官，负责执行炸毁深河桥的任务，以阻止日军的进攻和增援。他受过严格的军事训练，效率高，作风严谨，是典型的职业军人。他对任务的执行有着极高的标准，并且信奉"完成任务至上"的原则。在他眼中，任务的完成比任何人的命都重要，这导致他在执行任务时对百姓的生命漠不关心。他的冷漠和无情使他成为许多人眼中的"恶魔"，无论是对待敌人还是自己的同胞，他都毫不手软。

单雄的驱动力主要来自对职务的高度忠诚和对上级命令的无条件服从。在战争的紧急情况下，他认为牺牲少部分人是达成战略目的的必要代价。因此，他冷酷无情地执行炸桥任务，哪怕这意味着牺牲无辜百姓的生命。

在他身上展示了一种激进的军人心理：为完成任务不惜一切。他的手段和冷酷使勒普等人更加坚定了采取行动的决心。单雄的行动不仅激怒了勒普等人，也因为冷酷无情的手段失去了民心，成为错综复杂局势中的关键人物。他的最终结局，是勒普在误解和仇恨驱动下的选择，展现了战争的残酷和误导下的悲剧。

黎昆：

尽管黎昆身处独山县警察署副署长的重要岗位，但他并没有为民解忧，而是借机鱼肉乡里，贪图财富和权力。战争爆发时，他依旧对上级命令唯命是从，没有坚决抵抗侵略者的意志。他是一个冷酷、自私、贪婪且冷漠的人。他完全缺乏同情心，对同胞的苦难视而不见，只一味追求自己的利益。即便在面对侵略者时，他也没有坚定的反抗意志，只是机械地执行上级命令，不顾实际情况，不考虑百姓的死活。他的驱动力是恐惧和利益。他害怕丢掉自己的官职和既得利益，因此对任务的执行冷酷无情。他深知在国民党的腐败体制下自己的位置非常脆弱，所以为了保住饭碗和性命，宁愿站在人民的对立面。他这种"恶"，展现的是另一种形式的冷漠与残酷。他的存在是为了展示战争时期除了外敌之外，内部官僚体制的冷酷和高压对普通百姓的压迫。在战争的压力下，他表现出的冷酷无情形成了与外敌的对比，增添了故事的复杂性。虽然不是直接敌对，但他的苛政和漠视人命，注定会被历史和人民所唾弃。

电影文学剧本

1. 历史资料

历史资料画面：炮火连天，太平洋战场历史资料，日军机械化部队推进，中国军队英勇抵抗。

解说：1944 年秋，日军海空主力被美军消灭、海上交通线被切断之后，实施所谓"一号作战计划"，目的是建立从华北到越南的"大东亚交通线"以支撑战争，并摧毁美军在华中、华南的空军基地，削弱美军利用这些基地轰炸日本本土的能力。在打通平汉线，攻陷长沙、衡阳之后，日军即南下展开"桂柳战役"。

桂林陷入一片火海……

柳州成为一片废墟……

历史资料画面：大量难民撤离，开始涌入贵州境内。

2. 桂林城　日　外

日军机械化部队浩浩荡荡开进桂林，彼时的桂林城区已经化为一片焦土。

废墟前，来不及逃走的乡绅、百姓被日军组织起来，战战兢兢站在路边迎候，身后打着欢迎日本军队的条幅。

日军军官们骑着高头大马，趾高气扬地经过。他们身后跟着长长的机械化部队。

动画地图显示着日军的进军方向。

解说：占领广西后，日军并没有停下侵略的步伐，而是继续北进威胁贵州黔南等地。因铁路被炸，日军沿桂黔公路向河池、南丹、荔波方向推进。

3. 黔桂交界处某村　夜　外

在这狼藉不堪的断壁残垣间，数百个难民像是破布一样聚集在一块儿，衣衫褴褛，身影在寒风中颤抖。村口那一盏低垂的灯笼，随着冷风摇曳，微弱的光芒映在难民们紧张焦虑的脸庞上，像是他们心中的一丝微光，随时可能熄灭。

夜色如墨，树影在地上映出鬼魅的摇曳。忽然，从黑暗中走出一队日本兵，步伐整齐，沉重的脚步声打破了这份脆弱的宁静。

难民们一阵骚动，如同惊弓之鸟，纷纷抬头，恐惧在他们的眼中闪动，如同灯笼光芒一般颤抖不已。

日本兵首领用生硬的中文大声喊："所有人不准动！"

他的声音如雷，把空气劈作两半，随后，他举起手中的枪，对着无辜的难民们扣动扳机。

枪声响起，刺破了夜空，一片惨叫哀号，声声凄厉，令人肝胆俱裂。难民们四散奔逃，有的被子弹击中倒地，有的被踩踏在地上，生命迅速凋零。

惊恐的难民甲撕心裂肺地喊："快跑！他们要杀我们！"

难民乙拽着孩子的手拼命奔跑："往山里跑！"

日本兵面无表情，机械地一边开枪一边劫掠，嘴里喊着日语：探せ！価値のあるものを全て持って行け！（搜！把所有值钱的东西都带走！）

他们无情地拉开一扇破旧的房门，只见屋里堆放着仅剩的一些粮食和破烂的家具。日本兵毫不客气地将食物装进自己的袋子。

一个老村妇毫无畏惧地扑上去，哭喊着："那是我们的口粮！求求你们，不要拿走！"

日本兵毫不犹豫地开枪，老村妇倒在血泊中，桌上的粮食被无情地扫进袋子里。

夜色依旧沉重，浓重的黑暗像是一张巨网，将这片村庄紧紧包裹。枪声和哀号声交织，如同一场无尽的噩梦，村子陷入了前所未有的浩劫中。

4. 独山县郊外山野　日　外

血腥的屠杀声渐渐隐去，数百里外，独山郊外的山野间一片宁静，连鸟叫也听不见一声。青翠的山林在微风的抚摸下轻轻颤动，一头云豹匍匐在林间，两眼如冰，死死盯住前方那两个在林间蹒跚前行的难民。

云豹静静地等待，脚下的草叶还未动弹。它忽然抽身一跃，化作一道黄影，猛扑向难民！

紧要关头，俊朗的仲家青年勒普手持长弓，从一棵大树后出现。他锁紧眉头，全神贯注，眼睛里闪着狩猎者的坚定。他瞄准云豹，果断松开了弓弦。

箭矢划破长空，呼啸而出。云豹惊叫一声，愤怒地转身逃窜，消失在茂密的树林中。

两个难民得救了，树丛旁的一个哑巴已经被吓得惊慌失措，跪在地上，口中发出无声的哀求。另一个则重伤昏死过去，衣衫褴褛，血迹斑斑。

勒普快步走近，检查昏迷者的伤情，他用手指轻轻拨开昏迷者衣物，被昏迷者肩膀上的胎记顿住了。他的眼睛猛然睁大，神情复杂。

"勒莫?！你是勒莫?"

他的喃喃低语带着震惊与难以置信。勒普小心翼翼地将勒莫扶起，背到自己肩上。

哑巴无声地抬头，用手势示意领路。勒普点点头，眼中透出坚定与温柔。

"放心，我会保护你们。"

他们在山野间慢慢前行，青翠的山林在他们的背后郁郁葱葱，阳光透过树叶在他们的身影上投下斑驳的光影。

5. 水头寨　屋内　夜　内

屋内昏暗，几根粗大的蜡烛燃烧着，发出幽暗的光芒。寨子里的魔公——一位年迈的巫师，身着祭祀的服饰，正在为濒死的勒莫进行仪式。他口中念念有词，手中的草药和法器散发奇异的香气。

魔公（用仲家语言咏唱着，挥动法器）：祖灵啊，请庇佑我们，救救这个迷途的孩子吧……（卜）

勒普跪坐在一旁，焦急地看着勒莫。

勒普（心急如焚）："魔公，他会好起来的，对吗？"

魔公（神情专注）："别打扰我，小子，祖灵会指引我们。"

魔公继续进行巫术，将草药敷在勒莫的伤口上，用手轻轻按摩。

勒莫在迷幻的咒语催眠下，呼吸逐渐平稳。

勒普眼中泛起泪光，看着昏迷中的勒莫，轻轻握住他的手。

勒普（低语）："勒莫，你要活过来，一定要活过来，不要忘记我们的约定！"

屋内充满了草药的味道和咒语的回音，氛围神秘而肃穆，仿佛祖灵在冥冥中庇佑着这片饱受战火蹂躏的土地。

勒普也在咒语声中，迷迷糊糊陷入了深沉的回忆……

6.（回忆）水头寨 15 年前　日　外

　　15 年前的水头寨和今天几乎没有什么差别，古朴的石头村落、静谧的山峦、清澈的小溪，构成了一幅宁静的乡村画卷。孩子们在村道上奔跑嬉戏，妇女们在河边洗衣，老人们则在树荫下低声交谈。

　　勒普和勒莫两个顽皮的孩童，躲在一棵大树后，互相看了一眼，眼中闪烁着狡黠的光芒。他们悄悄地溜进了一户人家，偷偷拿起了晾衣绳上的扎染布衣。

　　婆婆（发现后怒斥）："你们这两个小鬼，快把衣服放下！"

　　勒普和勒莫对视一眼，拿着衣服拔腿就跑。后面传来婆婆气急败坏的喊声。

　　两人穿过村道，大人们纷纷侧目，笑着指点他们。

　　大人甲（笑）："这两个小鬼又在捣蛋了。"

　　大人乙（摇头笑）："非把他们抓住，教训一顿不可！"

　　勒普和勒莫满脸笑意，朝着村子外拼命跑去，终于逃出了寨子，气喘吁吁地趴在一块大石头上。

　　勒普（喘着气，笑）："差点被逮住！"

　　勒莫（笑着）："是啊，不过好玩！"

　　勒普（甩了甩手中的布料）："走，看看到深河桥可以卖什么价钱！"

7.（回忆）深河桥　日　外

　　两个人沿着河，一边玩耍一边走到了深河桥下。高高的石拱桥上，客商来来往往，马车辘辘作响，河水潺潺流过，清澈见底。

　　勒普（高高仰起头，指着桥上的车马）："勒莫，你看，桥上有好多人哦！"

　　勒莫（兴奋）："对啊，还有好多货物，我真想知道他们从哪儿来，要去哪儿。"

　　忽然，一阵风吹过，一名客商的帽子被吹到了桥下，掉进河里。

　　两个孩子争着涉水去捡。

　　勒普（急）："我先看到的！"

　　勒莫（快一步跑前）："哈哈，我捡到了！"

　　勒莫将帽子戴在头上，得意地笑着，这是一顶漂亮的西式礼帽，勒普看着很是羡慕。

　　勒普（羡慕）："勒莫，你真的想去外面的世界吗？"

　　勒莫（坚定）："当然，我要离开这里，去看看外面的世界，学到很多知识，然后回来改变这里！我们一起！"

8.（回忆）深河桥畔　日　外

　　10年前，少年勒普帮助勒莫将木筏推入水中。河水轻轻荡漾，阳光洒在河面上闪闪发光，勒莫站在木筏上，手中握着长桨。这时的两人已经长成了健硕挺拔的青年。

勒普（依依不舍，眼神落寞）："勒莫，你真的要走?"

勒莫（目光坚定）："嗯，我要沿河而下，去看外面的世界。我发誓，我会出人头地，然后回到寨子。"

勒普（忧虑）："我不放心阿爸阿妈，不想离开这里……"

勒莫（笑）："那你就留在这里，等我回来，咱们一起改变这里！一言为定！"

勒普远远看着勒莫划着木筏远去，心中既有不舍，也有期待。

9. 水头寨屋内　晨　内

微弱的晨光透过薄薄的窗纸洒进屋内，光线柔和而朦胧。屋内静谧，只有偶尔传来几声远处的鸟鸣。勒普躺在床上，呼吸平稳，脸上仍留有昨夜疲惫的痕迹。

他慢慢睁开眼睛，缓缓适应着从黑暗到光明的过渡。突然，他猛地坐起身，双眸警觉地扫视房间——床上的被子被叠得整整齐齐，而勒莫却不见了踪影。他顿时觉得心跳加快，眼中闪过一丝不安和焦虑，他迅速下床，赤脚踩在冰冷、湿漉的泥地上，但他无暇顾及。屋内的沉寂让他愈发紧张，他仓皇地环顾四周，手指颤抖着抚过勒莫昨夜躺过的地方，却只感受到一片凉意。

剧烈的情绪让他无法冷静思考，他猛然打开房门，光线瞬间涌进屋内，照亮了他苍白的脸。他冲出屋子，呼吸急促，身体微颤。

站在门口，晨风拂过他的脸，带来一丝冰冷的寒意。村子刚刚苏醒，几缕炊烟袅袅升起，周围的一切显得宁静祥和，与他心中的剧烈波动形成鲜明对比。他的目光在四周游移，心中一遍又一遍地祈祷。

10. 水头寨外树林　晨　外

浓雾如轻纱般笼罩在山岭之间，树木在雾气中若隐若现，清晨的寒意尚未散去，一切显得静谧而神秘。勒普在林间穿行，眼神焦急地四处寻找。

轻微的脚步声，树叶摩擦的沙沙声，配合远处隐约的鸟鸣。

突然，他在雾气中看到一个熟悉的身影，那道身影安然无恙，静静地站在林间。

勒普（大叫，声音中透着难以置信与激动）："勒莫！"

那个身影缓缓转过头来，是勒莫！他脸上带着一丝温暖的微笑。

勒普的心跳骤然加快，他快步奔向勒莫，激动地将他紧紧拥抱在怀里。他热泪盈眶，双手用力握住勒莫的肩膀，确认他真的活着。

勒普（声音颤抖，充满喜悦）："勒莫，你没事！太好了！"

勒莫（微笑，语气轻松，却还是有一丝疲惫）："魔公的药还是和以前一样灵验。对了，我改名字了，以后你可以叫我的新名字—陆聚兴。"

勒普（惊讶，略带迟疑）："陆聚兴……你变化真大，这名字真像下江人叻！"

勒莫微笑着，没有接着勒普的话题，他的眼神变得谨慎，四处打量着周围的环境，脸上的笑意渐渐消失。

勒莫（低声，语气谨慎）："寨老呢？我有重要的事情要告诉大家。"

陆聚兴目光锐利，神情警觉，他的眼睛闪烁着难以捉摸的光芒。

勒普察觉到勒莫的紧张，脸上的笑容渐渐收敛，点了点头，示意勒莫跟他走。

两个人在浓雾中一前一后走向寨子，身影渐渐融入浓雾中。

11. 水头寨　寨老家中　日　内

众人聚集在寨老的家中。墙上供奉着"天地君亲师"牌位，供桌上摆着几盆还未燃尽的香火。寨老坐在正中，脸上满是皱纹，却依旧威严。他的左右两侧是魔公、水头寨等寨子的代表。空气中弥漫着焦虑和紧张的气氛。

勒莫站在中央，神情黯然但坚定。他从胸前衣兜里颤巍巍地摸出一张沾着血污的军官证，打开递给寨老过目。

　　陆聚兴（沉声）："寨老，各位乡亲，这次我被上级调派到贵州来保卫黔南。但我们的部队在伏击日军的战斗中被打散，只剩下我和这个部下。"

　　他指了指站在一旁的哑巴，哑巴眼中满是悲伤，喉咙里发出呜呜音。

　　陆聚兴（继续）："我们混在难民队伍中一路北上，侥幸逃过了日军的屠杀。途中得知一个重要情报，所以我才日夜兼程赶回来报信——（他停顿了一下，屋里的空气都要凝固了）日军要炸毁深河桥，阻止我们的抗日部队增援黔南。"

　　乡亲们一阵哗然。

　　乡亲甲（不安）："炸毁深河桥？那可咋办？"

　　勒普："不能让他们得逞！"

　　寨老（沉思片刻，抬眼）："勒普，事关重大，必须尽快通知周围各个寨子，大家一起想想办法。"

　　就在此时，一个少年跑进屋里，气喘吁吁地传递消息。

　　少年（急切）："寨老，南江寨啊那边传话过来，说是独山警察署副署长黎昆带了重要消息，要召集周围所有寨子的寨老集中开会。"

　　现场一片静默，充满了不安和疑虑。

　　寨老深深吸了口水烟，抬头对勒莫说："勒莫，怕不是要说同一件事哦，你也换身衣服，一起去听一下，如果是一件事，正好你把你晓得的情况也说一下。"

陆聚兴沉吟片刻，点了点头。

12. 南江寨日　外

新鲜的芥菜被清洗干净，然后放入一个大缸中，一双纤细的手麻利而均匀地揉搓着盐和酸浆。韦发菊的动作细致而有耐心，脸上挂着专注的神情。缸中，芥菜在她的操作下渐渐变得鲜脆，散发出淡淡的酸香。

突然，远处传来急促的脚步声和喧闹声。

村民甲（大步走近，语气急切）："发菊，勒普他们来了！"

韦发菊停下手中的活计，忙擦干净沾满盐浆的双手，眼中闪过一丝兴奋。

她放下手里的活计，小心地将还没制作完的酸菜盖上竹编盖子，然后迅速沿着蜿蜒的小路赶到寨子门口。

树叶间斑驳的光影映照着她的身影，周围的村民们依旧忙碌。

当韦发菊到达寨门口时，她看见勒普和陆聚兴已经走近。

勒普（目光一亮，露出激动的神色，挥手）："韦发菊！"

她看见勒普，脸上泛起一丝微笑和些许羞涩，她微微低头，拢了拢垂在肩上的发丝，轻盈地走上前。

勒普走近她，脸上带着发自内心的笑容。

勒普（笑，语气温暖）："你咋个在这里？"

韦发菊（微笑，带着一丝羞涩）："我在等你们和寨老呀，快走吧，阿爸他们都在等着。"

她的目光充满了期盼和喜悦，姿态端庄而温柔。

在旁边的陆聚兴，将这一幕尽收眼底，已经明了了两个人的关系。

勒普和陆聚兴与寨老一行人在韦发菊的引领下，朝村子的中心走去。

13. 南江寨　寨老屋内　日　内

屋内烟气缭绕，中央的炭火摇曳，寨老们围坐在一起，每个人的脸上都布满深深的皱纹。空气中弥漫着一股紧张与沉重的气息。

黎昆站在中央，他身穿整齐的警察制服，神情严肃且冷峻。

黎昆（冷静且故作威严）："诸位，今晨部队已经下达命令，国军近期要炸毁深河桥。你们是各寨的寨老，在国家危亡之际，务必配合党国的行动，回去后让寨子里的人做好准备。深河桥一旦被炸，交通受阻，部队的补给和物资，韦老（他指着韦发菊的父亲），你要负起责任来！"

黎昆的话音刚落下，屋内瞬间炸开了锅，众人议论纷纷，叽叽喳喳的声音交织在一起。

寨老甲拍桌而起，眉头紧锁，语气中带着愤怒和不解。

寨老甲（激动，瞪大眼睛）："炸桥？深河桥可是黔桂公路的主干道，这会严重影响我们的生活啊！"

勒普也激动，转身悄问身边的陆聚兴："他说国民党要炸桥？跟你说的完全相反，一定是胡说八道！"

他刚要对着黎昆喊话，陆聚兴一把抓住他的胳膊，摇了摇头。勒普这才忍了下来。

寨老们的质疑声依然没有停止。

"为啥子不解释原因？"

"就是，话要说明白，自己人好端端的炸什么桥？"

黎昆眼神冷漠，目光扫过众人的脸，仿佛这一切与他无关。他的语气冷淡而坚定。

黎昆（冷冷）："解释你们也听不懂，这就是命令，执行就是了。为了大局，我们必须作出牺牲。"

他微微仰头，双臂交叉在胸前，显得尤为高傲和冷酷。他的态度让整个屋子的气氛更加紧张和压抑。众人因为黎昆的态度而感到愤怒，但只能暂时隐忍不发。

黎昆转身，背对着众人，走出屋子。屋内的嘈杂声逐渐减弱，只余下众人愤愤不平的低语和沉重的叹息。

14. 南江寨旁树林里　黄昏　外

天色渐渐暗淡，夕阳的余晖透过密林投下斑驳的光影，微风轻拂。仲家年轻人们聚集在一起，神情焦灼，气氛沉闷而紧张。

班甲挥着拳头，难掩心中的愤怒。

班甲（愤愤不平，眼中燃烧着怒火）："黎昆这个人，怎么能信他？"

年轻人乙也神情紧张，连连点头，声音低沉但坚定。

年轻人乙（点头，压低声音）："对，听说他老丈人是在广西开城投降的乡绅，迎接日本军的那个！"

陆聚兴站在一旁，目光深邃，眉头紧锁。

陆聚兴（语气沉重，分析）："我觉得，黎昆多半是当了日本人的奸细，才会说出炸桥的计划。他不是在帮国民党炸桥，而是在帮助日本人！"

陆聚兴的话一出，大家纷纷表示认同。

勒普的坚定决心燃起，他上前一步，目光炯炯地盯着陆聚兴。

勒普的眼中充满了信任，语调略带急促："勒莫，你在外面这么多年，你懂得最多，你说我们该咋个办？"

陆聚兴陷入沉思，他的目光扫过每一个年轻人的脸，感受到他们内心的焦虑和期盼。

夕阳的余晖逐渐消逝，树林中的光线变得昏暗，透出一股紧张和压抑的气息。

他缓缓抬头，目光坚定，与年轻人们的目光交汇，沉声说道："必须有一个详细的计划，不能让他们得逞。"

15. 南江寨河边　昏　外

夕阳的余晖洒在河面上，泛起金色的涟漪，微风拂过，河水轻轻拍打着岸边的石头，发出低沉的声响。韦发菊静静地站在河边，脸庞笼罩在夕阳的柔光中，显得愈发美丽而哀愁。她低头看着河水，心事重重，眉头微蹙。

勒普的身影悄然出现，他走近韦发菊，轻轻握住她的手。她微微一颤，抬眼望向他，眼中充满了担忧。

韦发菊（担心，声音微微颤抖）："勒普，你真的要去冒险吗？"

勒普看着她，眼神中透出坚定和温柔，他用另一只手轻轻抚上她的脸颊。

勒普（安慰，语气坚定）："我知道你担心我，但这是我们必须去做的事。"

韦发菊的眼中泛起泪光，她轻咬下唇，心中的悸动难以平复。

韦发菊（眼中含泪，语气哽咽）："可是，阿爸已经答应了我们的婚事，要不了好久你就该上门……"

勒普的目光坚定而柔和，他轻轻摇头，眼中充满了决心。

韦发菊的泪水终于滑落，她转过头，面对着夕阳下的河，唱起了歌谣：

太阳渐渐要落坡

花园渐渐要冷落

要是妹有铁链子

拴住太阳留住哥

太阳渐渐要落阴

哥哥渐渐要起身

要是妹有铁链子

拴住太阳拴住人

……

16. 深河桥　日　外

这几日的深河桥，天空灰蒙蒙的，河水依旧在缓缓流动。桥上陆陆续续有难民通过，他们面容颓废，衣衫褴褛，在寒风中步履蹒跚。

北岸来了一队国民党士兵，穿着整齐的军装，脚步铿锵有力，他们严肃而冷漠。

单雄和副官赵天佑一同来到深河桥，黎昆跟在两人屁股后面，士兵手持测量装备，对桥进行详细测量，神情严肃。

单雄（指挥士兵）："这里，这里和这里，全部布置炸药点，两天后进行炸桥！"

赵天佑："是，团长。"

北面的路上扬起一阵烟尘。

赵天佑："团长，应该是美国人的火药到了。"

单雄轻蔑地"哼"了一声，问："谁在负责运输？"

赵天佑："是7连的龙诺。"

单雄点点头："这人还算靠得住。"

车队在深河桥头停下，龙诺风尘仆仆地走到单雄跟前敬礼："长官！"

单雄回了一个军礼，也不多说，走到车前检查炸药。

龙诺："长官，这些都是我从旧州机场运来的C-2炸药，美国货……"

17. 深河桥不远处的山间　日　外

他们的一举一动都在视线的监视之下。

勒普与陆聚兴和几名仲家青年躲在山中，目光紧盯着桥上的动作，把一切尽收眼底。

勒普（气愤）："他们真的要炸桥！"

陆聚兴（冷静）："冷静，眼下先要做的，是找到他们藏匿炸药的具体位置，然后再制定计划。"

18. 深河桥头　日　外

阳光洒在桥面上，映照出无数的脚印和杂乱的行李。勒普和陆聚兴乔装成普通的难民,混在人群中缓缓前行。他们身上穿着破旧的衣服,混杂着泥土与汗水,脸色黢黑,显得狼狈不堪。

人群的低语声,婴儿的啼哭声,偶尔夹杂着士兵的呵斥声。

士兵乙站在桥头,面色严厉,手持长枪,眼神中透着冰冷和警惕。他突然抬手示意,声音如刀般锋利。

士兵乙(严厉,大声喝止):"站住!所有人不得过桥!"

勒普和陆聚兴停下脚步,目光在士兵和人群中游离,陆聚兴靠近勒普,低声耳语,声音被嘈杂的环境掩盖。

陆聚兴:"我们装作不明白,再试一次。"

勒普点点头,深吸一口气,故意走近士兵甲,目光中带着无助和祈求。他的声音充满哀求,试图引起对方的同情。

勒普(装作可怜,语气哀求):"长官,求求您,我们只是想过桥找个避难的地方……"

士兵甲不耐烦地推搡勒普,他的动作粗暴,眼神中没有丝毫怜悯。

士兵甲(冷漠,推搡):"不许过桥!滚回去!"

勒普被推得踉跄几步,眼中闪过一丝愤怒,但很快被压下。他与陆聚兴交换了一个短暂而默契的眼神,心中愈发愤怒和坚定。

他们观察到士兵们对待其他难民的粗暴态度,目光逐渐变得坚毅。

勒普（低声，对陆聚兴）："我们得另想办法……"

他们默默退回人群中，转身离去。背后的深河桥依旧守卫森严，桥头的士兵冷峻无情。

19. 河边僻静处　日　外

河水湍急而清澈，阳光透过茂密的树冠洒在河面上，像点点碎金闪闪发光。周围的环境静谧而美丽，勒普和陆聚兴选择了一个河流相对平缓的地方，将自制的竹排放入水中，带上了几个难民。

勒普（眼神坚定，声音低沉）："稳住，用力划到对岸。"

勒普站在竹排的一端，熟练地操控着长竹竿，目光紧盯前方的河面，时刻注意着水流的变化。竹排缓缓划动，河水微微荡漾，在阳光下荡开一圈圈涟漪。两人小心翼翼地控制着竹排的方向，尽量避开突如其来的激流。

勒普（语气坚定，微微喘息）："再用力点，就快到了。"

陆聚兴一边紧咬牙关稳住竹排，一边看着渐渐逼近的对岸，双手紧紧握住竹竿，双臂肌肉绷紧，脸上汗水滑落，但他目光坚毅，毫不懈怠。

在他们的默契配合下，竹排穿越了激流，稳稳地抵达对岸，他们稳稳地站起身，双手握住竹竿，彼此对视一眼，露出欣慰的笑容。

几个难民千恩万谢后，急匆匆离开。

陆聚兴和勒普看着难民们远去的背影，松了口气，相视微笑。

20. 水头寨　勒普家　昏　内

夕阳的余晖透过窗棂洒进屋内，屋子里弥漫着一股温馨的气息。勒普和陆聚兴踏进家门时，父母笑意盈盈地迎上来。

勒普父母（带着期待的微笑）："娃儿，快看看谁来了。"

身穿国军军服的人从椅子上站起身来，他向勒普和陆聚兴敬了个礼。

勒普和陆聚兴都是一愣，这不是刚才还在深河桥上远远看见的那个人吗？

两人相视一眼，都没有说话。

勒普母亲："这是龙诺啊！你们小时候经常一起耍的！"

勒普："龙诺？你是边上麻寨的龙诺？"

龙诺点点头，露出笑脸。

勒普："你怎么来了？"

龙诺："执行任务回来的，正好来看看大家。"

龙诺的目光从勒普移向陆聚兴："勒莫，刚才听伯父、伯娘说，你也参军了？"

陆聚兴："嗯，我现在的名字叫陆聚兴。"

陆聚兴盯着龙诺，眼神中满是戒备。

勒普（疑惑，试探地问）："你现在做什么？"

龙诺（沉重、严肃地）："我现在负责战略物资的运输，这次是为了阻止日本人北上的计划。"

勒普（激动地，想继续追问）："可是……"

陆聚兴见状，轻轻抓住勒普的手腕，示意他不要再问。

龙诺（好像并没注意到他们眼神之间的交流）："勒……陆聚兴，听说你和部队失散了，要不要我想想办法，帮你联系上？"

陆聚兴："不用，我和勒普……我们还有事情要办，办完我就归队。"

21. 水头寨　夜　外

月光洒在静谧的村庄上，龙诺告辞离开寨子，他的背影在月光下慢慢隐入黑暗中。

陆聚兴紧盯着龙诺远去的身影，脸上露出沉思的神色。

陆聚兴（低声，对勒普）："龙诺在帮单雄运送炸药，他到底是不是投靠了日本人还不好说。我们必须谨慎行事。"

勒普点了点头，心中也感到一丝不安。

勒普（思索，语气郑重）："你说得对，我们不能轻易相信任何人。"

陆聚兴环顾四周，低声道（语气严肃）："寨子里眼线太多了，我们商量事情最好找一个安全的地方。"

勒普若有所思，随后露出一丝坚定的微笑。

勒普（自信地）：“我知道一个地方，绝对安全。”

22. 林中　山洞藏匿处　夜　外

夜幕降临，山洞内的篝火熊熊燃烧，微弱的火光映照在年轻人的脸庞上，光影交错间显得紧张而凝重。从四面八方赶来的仲家年轻人围在篝火旁。

陆聚兴站在篝火旁，沉稳地审视着每一个人，心中暗自盘算着行动的每一个细节。他的眼神如鹰般锐利，充满了领袖的气质。

陆聚兴（鼓舞，声音沉稳）：“从正规军手里正面夺取深河桥是不可能的。我们必须找到他们藏匿炸药的地点，抢先销毁，才能彻底阻止他们的阴谋。”

他用棍子在地上画出简易的地图。他的手势明确、有力地划出行动的路线与步骤。

仲家青年们纷纷点头，但他们眼中的犹疑之色依然存在。班甲犹豫地看着陆聚兴，眉头紧锁，眼中满是担忧和困惑。

班甲（疑虑，声音略显迟疑）：“聚兴哥，我们真的能成功吗？他们手中可是有枪啊……”

陆聚兴（自信，语气坚定）：“只要按着我们的计划小心行动，一定能成功。我们必须齐心协力，绝不能让日本人得逞！”

勒普坚定不移地站在陆聚兴身旁，目光坚毅，双手紧握。

勒普（一把握住陆聚兴的手）："勒莫，我信你！"

仲家年轻人被勒普和陆聚兴的决心所感染，纷纷点头，目光中透出信任与决心。

篝火的光影在山洞内跳动，映照出每个人紧张而坚定的面孔。勒普和陆聚兴环视四周，目光中闪烁着同样的决心和信念。两人默契地互相点头。

23. 林中　夜　外

（音乐段落）伴随着远古歌谣，年轻人们在月光下忙碌着，制作简易的武器和陷阱。树影在月光下摇曳，夜风吹拂，充满了紧张的气氛。

勒普对着切割木棍的仲家年轻人说："这些一定要隐蔽，不能让人发觉。"

陆聚兴检查土铳："要检查好，必须确保每件武器能用。"他们并肩走在林间，不断地检查和指挥，为即将到来的行动做最后准备。

篝火在远处的山洞内闪烁，月光与火光交织，增添了庄重的氛围。

年轻人们夜以继日地忙碌着，他们的汗水在月光下闪亮。

远处的山洞内，篝火映照着一张张年轻而坚定的面孔，他们的眼中燃烧着对胜利的渴望。勒普和陆聚兴的身影在林间显得坚定高大。

24. 独山县城　黎昆家　晨　外

清晨的山村寂静无声，晨雾弥漫，整个麻寨被一片柔和的朦胧笼罩着。空气中弥漫着湿润的泥土香气，给整个村子增添了一份祥和与宁静。

突然，一个小孩急匆匆地跑进村子，披肩的头发在晨光中摇摆不定，颊上的红晕和急促的呼吸显示出他的紧迫感。

小孩（急促地，气喘吁吁）："黎副署长！黎副署长！单团长要见您！"

黎昆打着哈欠从屋里出来，听到呼喊声，脸色瞬间一变，眼神中闪过一丝紧张和担忧。他系好衣服，看向跑来的小孩。

黎昆："带路！"

小孩在前方带路，黎昆紧随其后，两人的身影在晨雾中若隐若现，村子的宁静和他们的急迫形成了强烈的对比。

25. 林间　晨　内

黎昆跟着小孩走在崎岖的山路上，道路曲折蜿蜒，四周寂静。

黎昆面色严肃，眉头紧锁，几分疑虑在眼中闪现。他不停地左右张望，脚步渐渐放慢。

黎昆（皱眉，声音低缓）："这路怎么越走越不对劲？"

黎昆停下脚步，环顾四周，树林深处密不透风，小孩的身影已经消失不见。

黎昆（愈发疑惑，小声自语）："去哪儿了？刚才还在前面的……"

他正思索间，突然感到背后传来动静，还没等他反应过来，勒莫和仲家青年们从隐蔽处迅速现身，动作如闪电般将他制住。

勒莫一手捂住黎昆的嘴，另一手迅速将黎昆的双臂扭到背后。几个仲家年轻人迅速围上，用力按住他的肩膀和双腿。

黎昆（惊恐，挣扎）："嗯嗯！"（被捂住嘴无法发出声音）

还没等黎昆叫喊出来，一个麻布袋迅速套在了他的头上，紧接着是一记闷棍，重重打在他的后脑勺上。

黎昆的身体瞬间瘫软下去，手脚无力地垂下，整个人昏迷不醒。

26. 山洞藏匿处　日　内

山洞内光线昏暗，火光闪烁。黎昆被绑在一块巨石上，神情慌乱不安。

黎昆（激动喊叫）："放开我！你们知道自己在干什么吗？"

仲家青年丙（不屑地）："汉奸狗东西，老实点！"

陆聚兴（冷冷地，语气坚定）："说，炸药在哪儿，否则有你苦头吃！"

黎昆（挣扎，试图说服）："你们这是叛国，是大逆不道！"

陆聚兴示意，几个仲家年轻人上前，对黎昆一顿拳打脚踢。黎昆痛得哀号。

黎昆（忍痛，终于屈服）："好，好！我说，我说！炸药在南边的营房，藏在一个山洞里……"

27. 国军营房（炸药所在地）　日　外

营房周围一派忙碌的景象。韦发菊跟随着她的父亲来到营房，身后的马车拉着盐酸、鸡蛋、米粮等食物。她脸上带着温暖的微笑，时而与士兵们寒暄，显得亲切而诚挚，但她的眼神却不停地在四周观察。

在与士兵们交谈时，韦发菊暗中留意到，不远处的山洞口有士兵不断进进出出，将许多箱子运进洞中。她心中暗生警惕，但脸上的笑容依然如故。

然而，她并没有察觉到，自己的每一个举动都被不远处的单雄看在眼里。他的目光阴沉冷峻，眼中闪烁着难以捉摸的光芒。他眼神锐利地盯着韦发菊，目光中充满了怀疑。

分发完食物后，韦发菊和她的父亲正要离开。刚走几步，身后突然传来一个阴沉的声音。

单雄（声音阴沉，有力）："站住！"

韦发菊回过头来，脸上依然保持着镇定的微笑，但眼中闪过一丝紧张。

单雄（步步逼近，声音低沉）："刚才，你在看什么？"

韦发菊（镇定自若，笑容不变）："长官，我只是看看，你们有没有需要帮忙的地方。"

她脸上的笑容毫不动摇，她的镇定让人难以察觉到她内心的紧张。

单雄听到她的回答，微微一愣，似乎一时无话可说。他犹豫了一下，疑虑似乎消散了一些。

单雄摆摆手，示意他们可以走了。他的目光却依然紧紧跟随韦发菊和她的父亲，直到他们的身影消失在营房外的林间。

28. 山洞藏匿处　夜　内

山洞内，篝火映着一张张紧张的面孔。

韦发菊（气喘吁吁）："他们在把炸药运进山洞，四周还有士兵把守。"

勒普（眼神坚定，看着陆聚兴）："我们得马上行动，不能再等了。"

陆聚兴（思索片刻，冷静地）："不行，对方是训练有素的士兵，我们要制定详细的计划，确保万无一失，再说，我们不能让自家的兄弟白白地去送命。"

勒普钦佩地看着这位发小，对他更是佩服。

29. 水头寨　柴房（黎昆关押处）　夜　外

夜晚，水头寨的柴房外。几名仲家年轻人在柴房外守夜，他们小声议论着。

蒙洛（小声）："我们真的能成功吗？"

班甲（坚定）："能！你不觉得，勒莫哥……陆聚兴跟我们平常遇到的国民党不太一样吗？"

蒙洛："确实不太一样。"

班甲（笑）："我怀疑他是……"（他招手让年轻人甲凑到耳边，低语）

蒙洛睁大眼睛："真勒啊！共……我还没见过叻！"

班甲笑着："猜叻，猜叻，呵呵呵。"

30. 柴房内　夜　内

柴房内昏暗无光，只有几缕月光透过窗缝，投下微弱的光线。四周一片寂静，只有远处传来的低语声夹杂在风中。

黎昆悄悄挣脱了绑缚的绳子，双手终于解放出来。他轻轻抹掉额头上的汗水，呼吸微弱而紧张。外面传来仲家年轻人的低声细语，他屏息凝神，大气也不敢出。

他环顾四周，他的眼睛慢慢适应了黑暗，目光锁定在角落里的一个狗洞。他小心翼翼地猫着身子，尽量不发出任何声音，逐步接近那个狗洞。他一手轻轻掀起堆放的杂物，另一手撑住地面，努力不惊动外面的守卫。他终于挪到了狗洞旁，他再一次环顾四周，确定没有被发现，随即迅速低下身子，小心地钻出柴房。

31. 水头寨子外 树林 夜 外

夜色如墨，浓重的黑暗笼罩着树林。黎昆拼命奔逃，脚步声在寂静的夜空中回响。他急促的呼吸从喉咙里挤出，额头上满是冷汗。黎昆的双腿如灌了铅般沉重，但求生的本能驱使他不断向前，双眼在黑暗中急速寻找出路。

身后突然传来狼狗的狂叫声和火把的光芒，他惊恐地睁大双眼，目光中闪过一丝绝望与恐惧。

黎昆猛然加快步伐，脚下不停地奔跑，树林中的树枝和灌木不停地划过他的脸和手臂，但他毫不在意。

他迅速涉水，尽量避开河岸上的光亮，浑身湿透但并未减缓他的速度，水花四溅，呼吸越发急促，眼睛紧盯着前方的黑暗，竭力保持冷静。他的双手沾满泥泞，双腿强劲地划开水流，拼命地向河的另一端奔去，尽量让自己的身影消失在黑暗中。

32. 山洞藏匿处 夜 内

勒普和陆聚兴正在商量事情，忽然闻声抬头，见班甲气喘吁吁地跑进来。

勒普和陆聚兴迅速站起身。

班甲（急切，声音颤抖）："黎昆跑了！"

勒普（焦急，语气沉重）："糟了，黎昆一跑，肯定马上去报信，计划要暴露了。"

陆聚兴略一思索，眉头微皱，随即眼中闪过一丝果断的光芒。

陆聚兴（果断，声音坚定）："不能再等了，今晚就行动！"

众人一时惊讶，目光纷纷投向陆聚兴，脸上带着疑虑与紧张。

陆聚兴（语气坚定，声音有力）："本来应该做好万全准备再动手的，现在看来不行了，敌人有了戒备，我们根本没有下手的机会，倒不如出其不意，速战速决。勒普，你觉得呢？"

勒普目光坚定，与陆聚兴对视，他重重地点头："好，大家准备，我马上集合人手！"

勒普转身迅速走向洞口，召集人手，陆聚兴紧随其后。

33. 林间空地 夜 外

月光透过树叶洒在地上，形成斑驳的光影。篝火熊熊燃烧，火光映照在这些仲家年轻人肃穆的脸庞上。

他们围绕篝火，双手放在胸前，眼神中充满了决心和视死如归的勇气。他们逐一检视自己的刀刃、土铳等简易的武器。

勒普走到火堆中央，眼神坚定，声音低沉而有力。

勒普（坚定地）："兄弟们，为了父老乡亲，无论前方有多么艰难，我们都不能退缩。"

这些仲家年轻人（异口同声）："为了家园，我们不惜一切!"

火光在他们眼中闪烁,每个人都在心中默念着最后的祷告,等待着勒普一声令下。

34.山林间　夜　外

夜幕为他们提供了完美的掩护。一群仲家年轻人如夜行的幽灵,在树林间迅速而又悄无声息地穿梭。

脚步轻快但坚定,树叶沙沙作响,仿佛在为他们护航。

35.国军营地附近　夜　外

国军营地一片寂静,灯光微弱。

军营位于一个山谷中,四周被高高的树木环绕,营地中央是一片空地,四周搭建了临时营房。炸药库位于营地的西侧,是一个用铁门封锁的山洞。

几名哨兵来回巡逻,但他们并没有察觉到渐渐逼近的隐蔽人影。树影婆娑。

36.国军营地　夜　外

夜幕低垂,夜色为勒普和陆聚兴等人提供了完美的掩护。他们如夜行的幽灵,在军营外围悄无声息地移动。

营地一片寂静,只有微弱的灯光点缀其间,仿佛在守护着沉睡的士兵。

勒普和陆聚兴动作灵巧而无声。他们时刻警觉，目光如炬，眉头紧锁。树影在微风中摇曳，他们已悄悄地接近站岗的卫兵，隐藏在黑暗中。

两人互相交换了一下眼色，勒普点了点头，心领神会。

陆聚兴缓缓拔出匕首，寒光在夜色中一闪而逝。他迅猛地出手，动作精准而干净利落。锋利的刀刃迅速解决了眼前的卫兵。

两人小心翼翼地继续向前，潜行在营地的阴影中。他们熟练地避开了巡逻的士兵，仿佛与夜色融为一体。

月光透过营房的缝隙洒在地上，映出他们紧张而果敢的身影。

37. 深河桥　夜　外

夜色浓重，但深河桥灯火通明，照亮了整个桥面。单雄带着几名士兵在桥上巡视，手中的手电筒来回扫动，他们测量着每一个炸药安放的位置，务必确保每一处都精确无误。

跟在单雄身边的参谋赵天佑神色紧张，似有话要说。

单雄："天佑，你有什么话，直说。"

赵天佑："团长，今天早上接到师部的电报，上头说……要把炸桥的行动交给美国人来办……"

不等对方说完，单雄猛然抬头，眼中闪过一丝愤怒，他冷冷地扫视着赵天佑。

单雄（严厉，怒斥）："扯淡！这种简单的行动都要依靠美国人，太不把我放在眼里了！美国人？老子在台儿庄出生入死的时候，他们在哪里？"

单雄指着桥上的几个关键点，眼神锐利，语气中满是决断和威严。

单雄（指着几个关键点，严肃地）："这里，这里，还有这里，务必精准安放，一次炸毁！"

士兵甲立刻敬礼，表示服从命令。

士兵甲（敬礼，声音铿锵）："是，团长！"

远处突然传来急促的脚步声和涉水声，黎昆湿透了的身影踉跄地来到桥头，被士兵拦了下来。黎昆浑身湿透，脸色焦虑，气喘吁吁地挣扎着向前。

黎昆（急促，喘着粗气）："单长官！我要见单长官！"

黎昆远远看到站在桥头的单雄，扯着嗓子大喊。

黎昆（喊叫，声音嘶哑）："长官，有人要袭击炸药库！"

单雄听闻此言，脸色骤变，立即转身走向黎昆。他看到黎昆狼狈的样子，目光中闪过一丝了然。

单雄（果断，简洁有力）："通知所有人，戒备！"

下达命令后，他迅速转身向一辆吉普车走去，士兵们也纷纷行动起来。

吉普车发动，迅速启动，在黑夜中疾驰而去。夜风呼啸而过，卷起阵阵尘土，车灯的光芒刺破夜的黑暗，桥上的士兵们紧张地准备着，整装待发。

38. 国军营地　夜　外

夜色如墨，潜入营地的这些仲家年轻人迅速行动，目标直指营地西侧的炸药库。他们悄无声息地绕过营地中央开阔的空地，小心翼翼地接近西侧的山洞。

轻微的脚步声，偶尔夹杂着夜风吹动树叶的沙沙声。年轻人们猫着身子，目光如炬，手中的刀刃泛着寒光，却又不发出一丝声响。

然而，他们的存在还是被一队巡逻士兵发现。

士兵乙（惊呼，声音提高）："有敌人！"

陆聚兴（大喊，声音坚定）："快！目标是炸药库！"

仲家年轻人们毫不犹豫地投入战斗，刀刃相交，火光四起。进攻时，他们的眼神冷静而坚毅，眉头紧锁，步伐有力。

仲家青年乙中枪，依然忍痛护在陆聚兴身前。

在一场激烈的白刃战中，仲家年轻人不断倒下，但他们用最后的力量奋不顾身地保护着勒普和陆聚兴向目标推进。

勒普（附身保护陆聚兴，声嘶力竭）："快！炸掉它们！"

勒普用身体掩护陆聚兴，眼中充满了前所未有的坚定和决绝。

陆聚兴找到炸药库的铁门，用力撬开锁，迅速设定引信，用力点燃火线。

陆聚兴（大声喊出，声音镇定）："所有人撤退！"

仲家年轻人们奋力拼杀，逐渐撤离。但他们注意到，周围的敌军越来越多。

班甲（毅然决然，挡住追击士兵）："你们先走！我掩护！"

引信嗤嗤燃烧，越来越近的脚步声和愤怒的咆哮声。

然而，关键时刻，火线突然熄灭，爆炸未能如期而至。

陆聚兴（惊愕）："炸药有问题，我得再点一次！"

他毫不犹豫地返回炸药库，重新点燃引信。然而，这次引信燃得更慢，敌人已经越来越近。

班甲（焦急，眼中充满紧张）："时间不够了，我们该怎么办？"

勒普（决绝，声音沉重）："没有退路了，拼死一战！"

就在这千钧一发之际，仲家青年蒙洛毅然拿起一捆炸药，一声怒吼，闪身冲向敌人。敌人纷纷四散，伴随着一声震耳欲聋的巨响，炸药爆炸了。火光冲天而起，整个山洞瞬间坍塌，滚滚烟尘在夜空中翻滚。

39. 公路上　夜　外

单雄乘坐的吉普车在公路上疾驰，车上的士兵紧张不已。

爆炸声震撼天地，火光冲天而起。远在山路上也清晰可见。

单雄（紧皱眉头，声音如铁）："停车！"

吉普车停在路边，他冷峻地望向熊熊火光的方向。

40. 国军营地　夜　外

单雄等人迅速赶回营地，眼前的景象让他们震惊不已。原本用来存放炸药的山洞已经塌陷，变成了一片废墟。滚滚的烟雾遮天蔽日，浓重的火光将整个营地映照得如同炼狱。

单雄站在废墟前，目光深沉，面无表情。他一步步走过废墟，眼中的冷芒闪烁，仿佛在寻找任何一丝蛛丝马迹。

他用低沉的声音命令："全体集合！"

他转身面向身后的士兵们，目光如刀，眼神中透出不容置疑的威严。

士兵们立刻立正，动作迅速整齐，齐声响应。

整个营地在火光和烟尘中显得格外肃穆。

41. 山林里路上　晨　外

阳光透过树叶的缝隙洒在地面，晨曦初现，空气清新，鸟鸣啾啾。

勒普、陆聚兴和仲家年轻人们穿梭在丛林里，一个个神情异常兴奋，尽管经历了激烈的战斗，但他们的眼中充满了胜利的光芒和希望。

勒普（微笑着，对大家）："我们成功了，那些炸药被我们炸毁了！"

仲家年轻人们兴奋地挥拳欢呼。

42. 林间藏匿处　晨　外

"坎嘎"舞的铜钹声响起，舞者手拿两面系着大红绸的铜钹跳着、舞着，铜钹发出洪亮的声音，形成强烈的节奏。魔公身着传统的祭祀服装，手持法器，翻开仲家的古册，吟诵着流传千年的悼词，悼词和铜钹形成远古歌谣独有的节奏。

年轻人围着篝火，跳起了欢快的舞蹈。空气中弥漫着木柴燃烧的香气，热情与悲壮在这一刻交织在一起。

他们的舞步轻快，却充满了力量，手拉着手，心连着心。笑容的背后是哭泣。一方面是祭祀那些为斗争牺牲的同伴，另一方面也是庆祝这一次斗争的胜利。

陆聚兴站在勒普身边，拍了拍他的肩膀（目光坚毅，声音坚定）："从今天开始，我们就是一支队伍。为了我们的家乡和亲人，我们要继续战斗！"

勒普点头赞同，目光中充满了决心和力量。

勒普（声音响亮，充满热情）："没错，任何困难都不能阻挡我们，我们是为了家乡而战！"

年轻人们爆发出一阵热烈的呼声，他们的手握得更紧，舞步变得更有力，目光中燃烧着不屈的战斗意志。

陆聚兴与勒普的目光交汇，年轻人们围着篝火继续跳舞，手拉手的圈子象征着他们的团结与力量，他们的舞步坚定而有力。

43. 水头寨外　晨　外

山间的雾气尚未散去，村民早早起床，准备一天的劳作。他们在清晨的薄雾中，默默进行着日常活动。忽然，雾气中出现一群身影，走近一看，是一队全副武装的士兵。

村民甲（疑惑，低声）："那是军队吗？他们来这里干什么？"

村民乙（紧张，拉住孩子）："不知道，大家小心点，不要轻举妄动。"

44. 水头寨　晨　外

寨老带着村民们走到寨门口迎接士兵。单雄冷冷地站在队伍前列，眼神锐利而冰冷。

单雄（冷静地对寨老）："把勒普的父母叫出来。"

村民们互相看着，充满了不安。勒普的父母被带到前面，他们神色镇定，但眼中仍有一丝不安。

勒普的父亲（坚定地）："我们就是勒普的父母，有什么事？"

毫无预警，单雄突然举枪扣动扳机，两个老人应声倒地，血流满地。村民们惊恐地尖叫，纷纷退后。军人们朝天鸣枪，把他们围在中央。

寨老（冲上前，试图解释）："长官，你这是干什么，我们都是普通老百姓啊！"

单雄举起两根手指，轻轻一动。

士兵们突然举枪，对着无辜的村民们开火，血腥的屠杀瞬间展开。

单雄冷冷地看着这一切，脸上看不到任何表情。

45. 水头寨外　晨　外

水头寨阴云密布，天空下起了淅沥的小雨。韦发菊踩着泥泞的山路，朝水头寨走去，尖锐的枪声、鸟儿惊飞的翅膀。

韦发菊的目光锁定在远方，两个逃出寨子的村民被残忍地枪杀，她瞳孔骤然放大，脸色瞬间煞白。

继而又是几声枪响，寨子里的村民发出凄厉的哭喊。

韦发菊丢下手里的东西，转身飞快地朝山里奔去。

韦发菊的身影逐渐消失在密林深处，身后的村庄陷入一片死寂。

46. 山洞藏匿处　日　外

韦发菊气喘吁吁地跑进山洞，脸色惨白，声音颤抖。勒普和陆聚兴立刻迎了上来，他们的心中燃起不祥的预感。

韦发菊（急切）："勒普，寨子……寨子里出事了，单雄在杀人，你的爸妈都……！"

话还没说完，韦发菊已经泣不成声。

勒普愣住了，整个人一动不动。

还是陆聚兴一声吼，勒普才从震惊中回过神来。

陆聚兴拿起武器，手一挥："快走，救人！"

他拽起勒普，带领着年轻人们，朝水头寨飞奔而去。

47. 林间 日 外

勒普等人急匆匆地穿梭在林间，神色焦急，他们奔跑的身影在丛林中快速闪动。

陆聚兴（焦急）："再快一点，救人！"

仲家青年们（齐声，奋力奔跑）："是！"

勒普强忍着泪水，大吼一声，加快脚步冲到了前头。

48. 水头寨 日 外

国军依然在肆无忌惮地搜查和杀人，村子里传来一片哭喊声。血迹斑斑的地面和横七竖八的尸体，整个寨子已经被破坏得不堪入目。

单雄一把夺过身边士兵手上的火把，点着了身旁的一间屋子，声音依旧冷酷异常："这就是你们帮助日本人通敌卖国的下场！"

站在他身边的黎昆被眼前的景象吓得瑟瑟发抖，不敢出声。

49. 林间　水头寨

勒普等人在林间急切地飞奔。

勒普（愤怒与悲痛，略带喘息）："快！我们快到寨子了！"

他们如风般冲进寨子，眼前的景象让每个人都瞬间停住了脚步——整个寨子已经化为一片焦土。村民们被无情屠杀，尸体横列，鲜血染红了地面。空气中弥漫着浓重的血腥气息。

火焰的噼啪声和悲痛的哭喊声交织在一起。

寨老跪在地上，眼泪潸潸而下，已经无法发出任何言语，满是悲伤与绝望。

勒普颤颤巍巍地走到父母的尸体前，双膝无力地跪倒下去，浑身颤抖，悲痛欲绝。

勒普（含泪，紧紧握着父母冰冷的手）："阿爸……阿妈……"

他对天发誓，声音瞬间如雷震耳，双眼喷射出熊熊燃烧的怒火，充满了决绝与仇恨。

勒普（悲愤地，对天怒吼）："我勒普对天发誓，一定要为你们报仇！为所有人报仇——！"

陆聚兴和其他年轻人站在他的身后，他们齐刷刷地抬起头，望向阴霾密布的天际，仿佛在静默中同样立下誓言。

充满硝烟和血迹的废墟，升起的烟雾直冲天际。

50. 独山县城　黎昆家　夜　内

黎昆家中灯光昏暗，黎昆匆匆忙忙地收拾行李，他的老婆焦急地在一旁看着，手中紧紧握着一个小包裹。

黎昆（紧张地低语）："东西都收拾好没得？晚了就来不及了。"

黎昆的老婆（焦虑地）："去哪儿呀？这大半夜的。"

黎昆眼睛一亮："往南，去荔波、桂林。"

黎昆老婆（快要哭出来了）："那里！那里可全是日本人啊！"

黎昆（抓起一张报纸）："你父亲不是在桂林开城投降嘛，照片都发到报纸上了！让他去跟'皇军'求情，放我们一条生路就行！"

黎昆老婆："我们……我们就不能北上往贵阳？"

黎昆："北上？北上要经过什么地方你又不是不知道，单雄烧了水头寨，杀了勒普的父母。勒普生吃了我的心都有！还敢北上？！"

黎昆老婆（颤巍巍点头）："好吧……我听你的……"

两人快速走出家门，消失在夜色中。

51. 县城　夜　外

夜色浓重，月光透过树枝洒在幽静的山路上。黎昆与老婆悄然绕到后院，谨慎地沿着蜿蜒的小径向下坡走去。四周一片寂静，黎昆一手拉着老婆，另一手紧握着一个包袱，眼中闪过一丝紧张。他们在小径上小心翼翼地行进，尽量不发出任何声响。

山坡下方隐约可见一道模糊的轮廓——那是一辆早已准备好的马车，静静地停在隐蔽处。

黎昆（低声，语气紧张）："快，再走一段路就到了。"

马车轻微的摇晃声，马儿的鼻息声，与黎昆和老婆急促的脚步声相互交织。

黎昆拉上马车的缰绳，马车隐蔽在浓密的树丛间，老婆迅速上车，黎昆牵好缰绳，跃上马车，马车在夜色的掩护下顺利前行，逐渐消失在黑暗中。

背后的山寨在夜色中渐行渐远，越来越模糊。

52. 深河桥　夜　外

黎昆赶着马车到了深河桥头。

昏暗的桥上，只有几盏昏黄的灯光在微风中摇曳。

士兵甲："站住！做什么的！"

黎昆："我，是我，黎昆。"

他连忙上前，往守卫怀里塞了一把银元。

士兵甲（收起钱袋，心领神会）："哦，黎署长啊，你去县城办事啊？"

黎昆连忙应和："是，是……"

士兵甲："快走吧，别耽误时间。"

黎昆（感谢地）："多谢了！"

马车迅速通过了桥，朝独山方向而去。

53. 路上　夜　外

黎昆赶着马车一路前行，四周一片静谧，只有野兽的低鸣在夜幕下回荡。他的目光紧张地注视着来路，心中充满了不安。

突然，从丛林中传来一阵呼啸，几个黑影迅速冲出树林，马匹发出一声长嘶，猛然停下脚步，马车剧烈摇晃。黎昆猛地一勒缰绳，惊恐地环顾四周，眼中充满了慌乱。

他的手紧紧握住缰绳，额头上满是冷汗。

从黑暗中传来一个冷冷的声音，仿佛带着寒气穿透了夜空。

勒普（声音冰冷，语调如冰）："黎昆！"

黎昆大惊失色，脸色瞬间变得苍白。他试图驾着马车逃跑，但手指在缰绳上颤抖不已。

黎昆（惊恐，声音发颤）："不，不要……"

勒普决断迅速，毫不犹豫地手起刀落，结果了黎昆的性命。刀光一闪，鲜血溅在马车上，黎昆的身体无力地倒下。马车旁的地面上血迹斑斑。

黎昆的老婆目睹这一切，发出一声凄厉的哀嚎，声音里满是绝望与恐惧。

黎昆老婆（哀嚎，声音撕心裂肺）："啊！饶命！"

她惊恐地蜷缩在马车上，眼中充满了泪水和绝望，双手拼命护住自己。

勒普的眼神冷如冰霜，毫不停顿地朝她伸出了手，决绝而无情。

黎昆的老婆发出最后一声哭喊，声音在夜空中回荡。

54. 国军营地　晨　内

单雄一夜未眠，神情疲惫但依旧冷峻，他正专心致志地研究地形图。

士兵甲（跑入营帐，急报）："团长，营门口有个满身是血的女人，说要见您。"

55. 国军营地　晨　外

营地的雾气悄然升起，营地外的树林在一片朦胧之中。单雄大步走到营门口，一阵冷风扑面而来。他看见一个满身是血的女人，瑟瑟发抖，手中紧紧握着一个包裹，宛如攥住最后的希望。

单雄冷冷地扫视着她，眼中闪着寒光，"你是谁?"

女人颤抖着，几乎无力直视他，哆哆嗦嗦地举起手中的包裹，像是在奉上一份厚重的大礼。

单雄的目光落在那朴素的蜡染布包裹上，心中涌起一股不祥的预感。他上前，心情复杂，双手颤抖地缓缓打开那染满血迹的包裹。黎昆的人头赫然呈现，死人般的瞳孔直盯着他，空洞而冰冷。

单雄如同被雷击中，猛地后退两步，脸色铁青。

"抓住她！"他的声音如同冰裂，带着无尽的愤怒和震惊。

就在这时，雾气中几支冷箭飞来，破空的呼啸声让人心惊胆战。单雄的脸颊被一支箭擦伤，他还没来得及反应，黎昆的老婆已经惨叫一声，箭如闪电，瞬间穿透她的身体，生命如风般消散。

士兵们四散开来，朝着幽深的林中疯狂开枪，枪声震撼夜空，子弹穿透树木。

56. 国军营地外树林　晨　外

密集的子弹在树林里呼啸而过。

仲家年轻人甲中了一枪，鲜血喷涌而出，他强忍住剧痛，眼中闪过一丝决绝。

成群结队的士兵们逼近。

"这儿有一个，抓活的！"

仲家年轻人甲毅然用刀割过自己的喉咙，鲜血喷涌，他的身影缓缓倒下。

单雄走上前，怒不可遏，牙齿咬得咯咯作响，眼睛直直盯着丛林的深处。

57. 林间某处　日　内

勒普和陆聚兴带着幸存的仲家年轻人正在林间休息，包扎伤口，脸上写满了疲惫和痛苦。

陆聚兴（提议，冷静）："勒普，大局为重，先躲一阵，不要行动，看情势发展再说。"

勒普（愤怒，眼中燃烧着复仇的火焰）："不！我不能等，我必须要报仇！"

陆聚兴（苦劝）："冲动只会让我们陷入更危险的境地！"

勒普（坚定，决绝）："我不能放过他们！"

58. 国军营地内　日　内

单雄站在地图前，眉头紧锁，神情冷峻。

门外传来急促的脚步声，龙诺匆匆赶来，气喘吁吁地进入营房，立正敬礼。

龙诺（立正，语气坚定）："报告，团长！"

单雄转过身来，眼神中透出严厉的光芒。

单雄（语气冷峻）："龙诺，我们需要最快速度再运一批炸药过来。"

龙诺听到这话，面露震惊，眉头紧锁。

单雄（语调加重，冷冷地）："炸药被水头寨那伙人破坏了，现在炸桥之事迫在眉睫，不能拖延。"

龙诺听了一惊，努力让自己保持镇定。

龙诺（忧虑）："团长，前线的弹药已经告急，炸桥的炸药需要美国人的运输机运送来，这可不是一天两天能弄到的。"

单雄的眼神锐利如刀，不容置疑。

单雄（坚定地）："无论如何，必须尽快搞到炸药，其他的事情都不要管！"

龙诺不敢多言，只能重重地点头。

龙诺（敬礼，语气坚定）："是，团长！我一定尽快办到。"

就在这时，单雄的视线越过龙诺，目光凝视在营房入口处，只见韦发菊和她的父亲正走进军营。

单雄的眼神变冷，眉头微蹙，但他没有发作，仍然盯着龙诺。

单雄（低声命令）："尽全力去搞炸药，不容有误。"

龙诺转身准备离开，但他的目光迟迟未能从韦发菊和她父亲身上移开，眼中闪过一丝疑虑和警惕。

59. 国军营地　日　外

韦发菊跟随着父亲，拉着补给走进军营。士兵们在忙碌，四周散发着一股紧张而肃穆的气氛。

在不经意间，韦发菊耳边传来了只言片语。她的脚步微顿，目光悄悄瞥向那些正在低声交谈的士兵。

士兵甲（低声，语气紧张）："晚上我们要接收一批新的炸药，时间和地点已经定好了。"

士兵乙（点头，语气谨慎）："上头命令，加强警戒。"

韦发菊目光中闪过一丝惊恐与担忧。她尽量保持镇定，继续跟着父亲前行。

当士兵们看到韦发菊和她的父亲走过来时，他们立刻闭上了嘴，目光中透出一丝警惕，紧紧盯着这对父女。

军营内的气氛愈发紧张，韦发菊和她的父亲快步走过，身后士兵们的目光一直追随，直到他们的身影逐渐消失在营房的尽头。

60. 水头寨　日　外

水头寨早已成为一片瓦砾，废墟中弥漫着焦灼的灰尘。木屋坍塌，地面上散落着破碎的瓦片和烧焦的杂物。

龙诺看到眼前的惨状，焦虑地四处张望。

龙诺（焦急地，大声喊）："勒普！勒莫！你们在哪里？"

他穿过一片废墟，终于在一个角落发现了正在整理残骸的寨老。寨老满脸的沧桑和无奈，目光中透出深深的悲伤与疲惫。

龙诺（焦急地，跑上前问）："寨老，勒普他们呢？他们去了哪儿？"

寨老抬头看了龙诺一眼，沉默片刻，叹了口气。

寨老（无奈地，声音低沉）："我们什么都不知道，整个寨子被毁了，很多人都逃散了……"

龙诺眉头紧皱，眼中流露出一丝难以捉摸的神色。

61. 林间　日　内

短刀、土铳、铁叉……勒普一样样仔细检查着武器。

身后的韦发菊忧心忡忡："勒普，你真的要去？"

勒普一言不发，将短刀重重插入腰间。

62. 国军营地外　夜　外

夜色笼罩下的营地显得格外肃穆寂静，只有河水在黑暗中静静流淌，发出轻微的潺潺声。

单雄与士兵们严阵以待，他们的目光紧紧盯着前方，期待着运送炸药的卡车到达。单雄双手背在身后，目光如鹰般锐利，审视着四周。士兵们整理装备，个个神情严肃，默默准备着即将到来的任务。

单雄（低声，语气坚定）："大家小心警戒，随时准备应对任何情况。"

士兵们迅速整队，眼神中充满了专注与警惕。他们的手紧紧握住武器，目光紧盯前方的黑暗。

远处传来隐约的引擎声，车灯的亮光在远山间忽隐忽现。

63. 公路上 夜 外

卡车在倒下的大树前戛然停下，车灯在尚未散去的薄雾中透出模糊的光芒。周围一片死寂，勒普和一群仲家年轻人迅速冲了上去，动作如豹。

"快，检查后厢！"勒普的声音冷静而有力，指挥如同利刃切开夜色。

他们急切地掀开了车厢上的帆布，然而眼前的景象令他们身体一僵——这不是装满炸药的车辆，而是一车全副武装的士兵，黑洞洞的枪口正对着他们。

士兵长冷笑，仿佛期待已久："开枪！"

一阵枪响，惨叫和中弹倒地声响成一片。

同时，单雄带着一队士兵从四面八方涌来，黑夜中火光四起，勾勒出他们狰狞的面孔，手中的枪支闪着冷酷的金属光泽。

仲家年轻人一个接一个地倒下，鲜血浸满了他们脚下的土地，在黑夜的背景上满天飞溅。

班甲奋力抵抗，他的吼声在战火中回荡，以血肉之躯迎敌，身中数弹。

勒普眼见昔日的兄弟一一倒下，痛苦与愤怒交织，在这绝境中，他声嘶力竭地喊出命令："撤入树林！"

仲家年轻人如鸟兽散开，向黑暗的树林边缘撤退。夜空中弥漫着硝烟，火光映照下的树林，勒普带着那些幸存的年轻人，一步步消失在一片茂密的黑暗中。

64. 树林中　夜　外

　　浓密的树林遮天蔽日，雾气在枝叶间缭绕。勒普与陆聚兴等人在黑暗的森林中失散，树影重叠，孤身一人的勒普脚步坚定，目光冷峻，穿行在这片宛如迷宫的密林中。

　　突然，前方一道阴影晃动，他一下顿住脚步，目光如鹰隼般锐利。对面，是单雄。两道仇恨的目光相遇。

　　单雄嘴角微微上扬，冷笑着："终于还是见面了！"

　　勒普眼中的怒火熊熊燃烧，寒光一闪，他拔刀冲向单雄，怒吼如雷："为我的亲人报仇！"

　　刀光剑影在幽暗的林间激烈交织，浓密的枝叶间，刀锋相接，火星四溅。勒普拼尽全力，招招致命，但在单雄的猛烈攻势下依旧处于劣势。锋利的刀刃挥舞间，鲜血飞溅，勒普身中数刀，一刀刺中腹部深处，衣衫早已被鲜血染红。

　　勒普眼中含泪，最后关头，他拼尽全力，忍痛后退，跳入了湍急的河流。寒冷的河水瞬间吞没了他的身影。

　　在河畔的单雄，只能看着他消失在滚滚的水流中，双拳紧握，脸色阴沉可怖。

65. 河流　夜　外

　　勒普随着湍急的水流被冲走，河水翻滚，树影模糊，他的身体在水中起伏，渐行渐远。

66. 南江寨　雨夜　外

夜色笼罩着宁静的南江寨，湿漉漉的石板路上泛着银白的月光，显得格外清冷。只有微弱的灯光从几户人家的窗户里透出来。突然，门外传来轻轻的敲门声。

韦发菊（小心翼翼地走到门边，打开门）："谁？"

门外是身受重伤的勒普，身子摇摇欲坠，脸色惨白，身上的血迹和泥土交织。

韦发菊（惊慌，扶住他）："勒普！你怎么了？"

勒普（虚弱地低声）："我……我……"

韦发菊赶紧将昏迷的勒普扶进屋内，眼神中满是关切与焦急。

67. 韦发菊房间里　夜　内

房间内光线昏暗，只有墙角卡着的油灯微微摇曳，勾勒出一片朦胧的光影。魔公静静地坐在床边，身影似乎与夜色融为一体。他手中拿着一碗草药，细心地为昏迷不醒的勒普施药。空气中弥漫着草药的香味，混合着一丝紧张和焦急。

草药的苦涩与浓烈在房间内弥散，点滴入喉。韦发菊站在一旁，眼中带着焦虑和不安，手指颤抖着，仿佛每一分每一秒都是无尽的煎熬。

魔公低低地念着咒语，声音如同远古的呼唤，带着一种神秘而庄重的力量："祖灵庇佑，请救他一命……"每一个字都仿佛在空气中留下回响。

勒普呼吸急促，额头渗出细密的汗珠。他在昏迷中不停地出现幻觉，眉头紧锁，挣扎在痛苦中："阿爸……阿妈……报仇……"他的声音如同遥远的呢喃，带着深深的哀伤和未尽的怨恨。

韦发菊泪光盈盈，眼中的泪水轻轻滑落。她用力握住勒普的手，仿佛要把自己的力量和信念传递给他："勒普，你会好的，一定会好的……"她的声音颤抖，却充满了坚定，那是对生命的呼唤，对爱的祈愿。

屋外的夜风透过窗缝悄悄渗入，带来一丝冰冷。油灯的火苗轻轻摇晃，魔公继续默默施药，韦发菊的目光从未离开过勒普，执着地守候着这微弱的生机。整个房间在这一刻静谧而肃穆。伴随着草药的香味和低低的咒语，勒普的呼吸渐渐平稳，昏迷中的神情也稍稍放松。

68. 南江寨　晨　外

韦发菊蹲在河边，用力搓洗着衣服，细小的水珠溅在她的手臂上，带来一丝凉意。

突然，一阵脚步声打破了这份宁静。韦发菊抬起头，只见龙诺从远处快步走来。

龙诺（微笑，靠近）："早啊，韦发菊。"

韦发菊（警觉地）："你是哪个？你找我做啥子？"

龙诺（语气温和）："我叫龙诺，是勒普的朋友，他是不是在你这里？"

韦发菊（故作茫然）："我不晓得他在哪里……你要找他为啥子来我这里？"

龙诺："我听水头寨的寨老说了你们的关系。"

韦发菊脸色微变，但她很快掩饰了自己的情绪："我不晓得他在哪里，要找你到其他地方去找。"

说着，她拿起浆洗完的衣服，低着脑袋匆匆离开。

目送着韦发菊的背影远去，龙诺的目光在河边游移，突然，他注意到她洗衣服的石头上有淡淡的血渍。

龙诺皱了皱眉。

69. 林间　陆聚兴藏匿处　日　外

陆聚兴正和几个仲家兄弟商量着什么，树林里传来一阵动静，他们警觉地站起身，拿起手边的武器。

龙诺从树林里走出来。

陆聚兴："龙诺，你怎么找到这里的？"

龙诺（严肃，语气质问）："你不用问这些，勒莫，先告诉我，是不是你告诉勒普要保深河桥的？"

陆聚兴（淡定，语气坚决）："没错，我接到的命令就是要保桥。"

龙诺眉头一紧，他上前一步，试图说服陆聚兴。

龙诺："勒莫，你最好放弃任务，悬崖勒马吧！"

陆聚兴冷冷一笑，眼中闪过一丝阴霾。

陆聚兴（揭穿，语气冷峻）："别装了，龙诺。我知道你是日本人的间谍，你是，单雄也是！你们沆瀣一气！"

龙诺脸色骤变，但还未等他反应过来，陆聚兴已经挥手示意仲家年轻人上前。

一看情况不对，龙诺转身跑进了树林。

70. 林间　悬崖　日　外

龙诺疯狂地在林间奔跑，后面紧追不舍的是陆聚兴和仲家年轻人。山林之间，传来一阵阵急促的喘息声和脚步声。

他突然被前方的悬崖逼停，站在悬崖边上回头望去。陆聚兴和仲家年轻人追了上来，眼看着已经走投无路。

树林里传来龙诺的一声惨叫。

71. 房间　日／夜　内

天地轮转，日夜交替。

勒普醒来了，但他的喉咙被深深的创伤吞噬，发不出任何言语。脸上的破相痕迹触目惊心，深深的伤口如同把痛苦印刻在脸上。

他艰难地张口，试图发声，然而只是一阵阵嘶哑的呻吟，"啊……啊……"声音在空中颤抖，失去了往日的锋利与力量。

韦发菊温柔地靠近他，手轻轻抚上他的脸庞，温柔地安慰道："不用说话，你需要休息。"

她的声音温柔似水，抚平他内心的创伤。她用那双温暖的手为他擦拭伤口，小心翼翼地替换药布，每一个动作都带着无尽的关怀与爱意。

勒普看着她，眼中闪烁着感激和痛楚。他努力抬起手，想要抓住她的手，却因为虚弱而无力地垂下。韦发菊轻轻握住他的手，用力一握，仿佛要将他从深渊中拉回。

空气中弥漫着草药的香味，夹杂着微风的气息。月光透过窗棂洒进来，将他们的身影映在地上。

72. 桂黔公路山道上　日　外

时近冬日，天地间一片肃穆，整齐的日本机械化部队沿着公路浩浩荡荡地推进。履带车和运兵卡车轰隆隆地行驶，卷起滚滚尘土。阳光照在日本机械化部队上，闪烁着金属的冷光。

日军士兵们坐在车上，目光如刀锋般锐利，手中的武器随时准备出击。将领骑马在队伍前端，手握指挥刀，指挥着部队前进。公路蜿蜒曲折，机械化部队行进的声音在山谷中回荡，显得格外震撼。

73. 独山县城　夜　外

驻守独山县城的国民党军队仓促撤退，街道上满是急促的脚步声和呵斥声。撤退的士兵和难民混在一起，场面混乱不堪。

士兵们的呼喊声、难民们的哭泣声、车辆的轰鸣声和杂乱的脚步声混在一起，充满了慌乱和无助。

街道两旁的房屋门窗紧闭，随风飘舞的旗帜显得格外孤寂。混乱中，不时有街上的物件被撞翻，滚落在路边。

74. 独山县城　日　外

县城内空空如也，街道上人影寥寥。

一枚炮弹狠狠击中城中的建筑，炮弹爆炸的轰然巨响。紧接着如雨点般的炮弹接连落下，城内响起一片沉闷的爆炸声。

建筑被炮弹击中，瞬间四分五裂，升腾起滚滚烟尘。火焰吞噬建筑，温度骤升，火势迅速蔓延。

县城的街道变成一片废墟，断壁残垣在烟火中摇晃冒火。空中弥漫着火光与浓烟，黝黑的炮弹残骸散落各处。

75. 深河桥头　夜　外

深河桥头，正在撤退的难民和士兵远远望着独山县城泛起的火光。每个人的脸上都充满了惊恐。

风声呼啸、远处隐约传来的爆炸声、河水湍急的流淌声。

难民紧紧抱着孩子，眼中含泪，对未来充满了不安和哀伤；士兵紧握手中的步枪，眼神中隐含着悲壮与无奈。

难民甲（声音颤抖，充满恐惧）："完了，我们该怎么办？"

桥头边的难民和士兵，背后是泛着火光的独山县城，火焰升腾，天空被染成一片通红。夜色下，火光与黑暗形成鲜明对比。

76. 深河桥附近山上　夜　外

山上，单雄手持望远镜，注视着独山县城的景象。他的脸上表情严肃，眼神中透着复杂的情绪。副官赵天佑急匆匆地跑来，带来了上面的命令。

赵天佑（郑重，语气急切）："团长，上峰再次致电，要把炸桥的任务交由美国人完成，要您全力配合。"

单雄脸上露出愠怒的神色。

单雄："执行任务的是什么人？"

赵天佑（查看手边的资料）："听说是亚瑟·格里森上尉。"

单雄（无奈，语气沉重）："回电，炸毁深河桥的任务由我团保证完成，无需假手于人！天佑，我要你加派人手，找出勒普和陆聚兴等人的余党，不惜一切代价！"

赵天佑（敬礼，坚定回应）："是，团长！"

单雄收起望远镜，缓缓转身，眼神依旧冷酷。

山风吹过，他们的身影消失在夜色中。

77. 南江寨　日　外

天色灰暗，阴雨连绵。经过几天的休养，勒普脸上的伤疤已经逐渐愈合，但那深深的痕迹依然狰狞地刻在他的面孔上。他低调地在寨子里忙碌着，沉默地搬运着木柴、稻谷，为村民们分担着生活的重担。

国民党士兵在寨子四处张贴通缉令，画影图形通缉勒普和陆聚兴，公告上的肖像威严而冷酷。

然而，勒普的容貌早已改变，那个低调劳作的青年在他们的眼皮底下穿行，谨慎地低下头，融入人群之中。他一次次地在士兵面前经过，没有引起丝毫怀疑。

78. 南江寨　韦发菊屋内　日　内

微弱的煤油灯光在昏暗的屋内摇曳，映照着石墙和简单的家具。夜色深沉，四周寂静，屋内弥漫着淡淡的草药香。勒普坐在小床边，面色苍白，脸上布满了深深的伤痕，眼神中透露出不安与痛苦。他的手轻轻抚摸自己的脸，触感冰冷，心中充满了自卑与悲伤。

韦发菊温柔地走到勒普身边，她的目光柔和而坚定，眼中没有丝毫的嫌弃。她将手中的勒尤（仲家的定情信物）递给勒普，眼神中充满了坚定和爱意。

韦发菊（语气温柔，眼中闪烁着坚定的光芒）："这是我们相爱的见证，勒普。无论未来如何，我都在你身边。"

勒普的眼底泛起泪光，他握住勒尤的手微微颤抖，靠近韦发菊，低声在她耳边呢喃，声音中充满了深深的感激和浓烈的爱意。

勒普（低声，语气激动）："谢谢你，发菊……你的爱让我坚强……"

韦发菊用手轻抚过勒普的脸颊，泪水在眼眶中打转。

韦发菊（轻声，语气坚定）："无论你经历了什么，我都会陪你一起走下去。"

勒普轻轻吹起了勒尤，悠扬的声音回荡在屋内，仿佛在诉说着两人的心声。那曲调优美动人，带着无尽的情感和希望。

屋内的煤油灯光温暖地照在两人身上，将他们的影子拉得很长。

79. 深河桥　日　外

韦发菊沿着河边小径走过，刚好遇到正在勘查桥梁情况的单雄。她的步伐怔了一下，目光微微不安，停下了脚步。

单雄冷冷地盯着韦发菊，目光如刀，透着深深的审视。

单雄（冷冷地打量她，语气冰冷）："你在这里做什么？"

韦发菊努力让自己镇定下来，尽量将呼吸平稳。她直视单雄的目光，尽量表现得自然。

韦发菊（紧张却故作镇定，声音平静）："长官，我只是路过这里……"

单雄依旧打量着她，目光中透出一丝冷厉与怀疑。

单雄（眼神锐利，语气意味深长）："只是路过？……我见过你，还不止一次，在兵营里，在……炸药库受到袭击前！"

韦发菊努力让自己保持镇定。她的手指轻轻颤抖，目光毫不闪避。

单雄的疑虑越来越深，正准备进一步审问时，突然传来的急促脚步声打断了他的思绪。

士兵乙跑来，神色匆忙，声音紧张。

士兵乙（跑来报告，语气急切）："长官，前方发现敌情！"

单雄迅速转身，脸色变得严峻，匆匆向前方走去，心中的疑虑暂时被紧急情况压下。

韦发菊趁此机会，匆匆离开现场，神色紧张。她的步伐越来越快，胸口起伏不定，背影快速隐入树林中。

80. 南江寨　昏　外

黄昏的落日将天边染成了一片猩红，光芒透过树梢洒在宁静的村子里。村民们结束了一天的劳作，三三两两地在小路上散步，空气中弥漫着炊烟和泥土的味道。勒普在田间努力劳作，额头的汗水随着动作滴落，内心却始终无法平静。

他的目光时不时地望向寨口，期盼韦发菊的身影出现。然而，黄昏的阴影越来越长，却依然没有她的踪影。勒普的眉宇间渐渐锁上了愁云。

低沉的风声，夹杂着远处隐约的鸟鸣。

突然，远处传来一阵急促的脚步声，打破了黄昏的宁静。一群人慌慌张张地跑进村子，他们步履匆匆，神情焦急，抬着一具被血染的尸体——正是韦发菊。

勒普（愣住，瞬间脸色煞白，声音颤抖）："发菊！发菊！"

他丢下手中的工具，拼命奔向那具冰冷的尸体。心中的恐惧化作撕心裂肺的疼痛，他的眼中瞬间充满了泪水。

他跪倒在地，双手颤抖地揭开覆盖在韦发菊身上的白布，那触目惊心的血迹让他不敢直视。

陆聚兴和哑巴默默站在队伍中，脸上满是沉重和愧疚。他们低下头，不敢直视勒普悲痛欲绝的脸。

勒普（泪水夺眶而出，声音哽咽）："发菊，你醒醒……为什么会这样……?"

他的手指轻柔地抚摸韦发菊冰冷的脸颊，泪水不断滴落在她的脸上。他的心痛如刀绞，无力的呜咽声在寂静中显得格外凄凉。

村民们围拢过来，眼中满是同情和哀叹，但无人上前打扰悲痛欲绝的勒普。黄昏的阳光渐渐隐去，黑暗逐渐笼罩整个村落。

勒普紧紧抱着韦发菊的尸体。

81. 南江寨　夜　外

火堆熊熊燃烧，火光在空地上跳跃，映照在韦发菊父母充满悲伤的脸上。村民们围绕火堆，神情哀伤，气氛沉重而压抑。火光映照下，每个人的脸上都显得格外哀戚。

魔公站在火堆前，身着传统的服饰，为韦发菊进行着庄重的仪式。他手握文书，声音低沉而庄严地咏唱着古老的咒文。韦发菊神色安详，韦发菊一直别在腰间的定情信物"勒尤"却消失了。

韦发菊的父母跪在火堆前，泪流满面，双手合十，眼中满是无尽的悲痛与哀恸。

陆聚兴走近勒普，他的目光中透露出深深的悲痛和无奈，他在勒普耳边低语。

听着听着，勒普目光从黯淡变得充满了愤怒与悲痛。他的双拳紧握，努力压抑着内心的怒火。

82. 林中僻静处　日　外（回忆）

阳光透过浓密的树叶投下斑驳的光影，微风轻拂，树叶沙沙作响。韦发菊独自走在小路上，周围静谧，她的脚步声在寂静中格外清晰。

突然，从树林深处传来悉悉索索的声音，韦发菊停下脚步，侧耳倾听，眉头微蹙。

她四下张望，小心翼翼地继续前行，心中的不安渐渐加剧。

韦发菊的呼吸变得急促，脚步也开始加快。

就在她转身准备跑出这片不祥的树林时，几道人影猛地从阴影中窜出，瞬间将她包围。阴影如同恶梦般扑向她。

她拼命挣扎，心中充满了恐惧和绝望，但那些强壮的手臂将她死死地按住。掠夺者们的笑声充满了嘲弄和残忍。

掠夺者甲（冷笑，恶狠狠）："叫吧，这里没人能救你。"

韦发菊被强行拖进深林，光线越来越昏暗。她面色惨白，双颊挂满泪水，眼中透出不甘和痛楚。

掠夺者们粗暴地对待她，她无力反抗，只能用尽所有的力气试图挣脱，但一切都是徒劳。她慢慢放弃挣扎，目光开始变得呆滞，身体无力地垂落下去。

陆聚兴和"哑巴"正好经过，听到韦发菊微弱的求救声，愤怒之火在他们眼中燃烧。

陆聚兴（怒吼）："住手!"

掠夺者们惊愕地回头，手中的动作一刻也没有停下。

掠夺者乙（狞笑）："你们瞎几把忙什么？过来一起玩玩!"

陆聚兴和"哑巴"迅速冲上前，拳脚相加，战斗在林间激烈展开。枯叶纷飞，阳光透过树叶的缝隙洒在双方搏斗的身影上。

韦发菊瘫倒在地，目光呆滞，泪水滑落。她的呼吸越来越微弱，生命仿佛在慢慢流逝。

陆聚兴用尽全身力气打倒一名掠夺者，用力喘息，把他身上的证件撕下来，发现是单雄的部下。

陆聚兴（咬牙切齿）："该死的……你们这群畜生！"

"哑巴"在身旁继续奋力搏斗，脸上满是鲜血。

陆聚兴（转向韦发菊，声音哽咽）："发菊，醒醒……"

韦发菊渐渐失去意识，目光涣散，最后一丝微光在眼中消失。她的手轻轻垂在地上，定情信物从她手中滑落。

83. 南江寨 夜 外

火光已经熄灭，夜幕下的南江寨被一种清冷的气息笼罩。勒普跪在韦发菊的尸体前，眼中充满悲愤与决心，泪水静静滑落。

周围一片死寂，只有微弱的啜泣声回荡在空气中。

勒普（低声，愤怒中透着决心）："发菊，我一定会为你报仇……"

他缓缓站起身来，扫向陆聚兴和其他年轻人。

陆聚兴走近他，眼神冷静而沉着，手中握着一张地图，上面标示着敌军炸药库的位置。

陆聚兴（低声，细致地）："勒普，新的一批炸药马上要运到了。我知道他们交接的时间、地点，我们必须赶在他们之前摧毁那些炸药，但是，要想办法分散单雄的兵力……"

勒普的目光落在地图上，手指因为愤怒而微微颤抖。

勒普（声音低沉，坚定）："我不会放过他！"

陆聚兴（凝视，叮嘱）："我带人负责破坏炸药的交接，你袭击营地，分散他们的注意力。"

勒普（激动）："不行！交接任务，单雄一定会在！让我来对付他！"

陆聚兴（声音冷静，俯身靠近）："现在不是意气用事的时候！"

勒普还要发作，陆聚兴突然上前，一个耳光狠狠地扇在他脸上。火辣辣的感觉让勒普冷静下来。

陆聚兴（严厉）："你要给韦发菊报仇，就要听我的！粉碎汉奸的计划，才能救千千万万的人！"

勒普沉默不语，拳头紧紧握在一起。

陆聚兴（声音低沉）："这样……哑巴会和你一起行动，他会保护你的安全。"

勒普没有回应，只是重重地点了点头。

陆聚兴（坚定，低声）："动手！"

84. 山林中　夜　外

月光在密云中时隐时现，偶尔透出的银光映照在山间。

勒普眼中充满悲愤，他的面孔在月光下显得苍白而坚毅。陆聚兴目光冷静，努力保持理智。

陆聚兴（声音低沉而坚定）："勒普，我们必须冷静，眼下的任务比个人恩怨更重要。我们不能让仇恨冲昏头脑。你要负责吸引敌军的注意，这样我们才能成功打断他们交接炸药。"

　　勒普紧抿着嘴唇，沉默不语，眼中的怒火灼烧着他的心。陆聚兴见勒普一言不发，眉头紧锁，继续劝说。

　　陆聚兴（语气坚定）："我知道你心里的痛，但我们现在必须以大局为重，只有这样才能为发菊和所有无辜的人报仇。"

　　勒普依然没有回应，他的双拳紧握，身体微微颤抖，内心的悲痛和愤怒让他无法平静。

　　陆聚兴叹了一口气，拍了拍勒普的肩膀，语气中带着深深的无奈。

　　陆聚兴："勒普，这不是你一个人的战斗。我们大家都在等着你的决断。"

　　当他们到达约定的地点，月光从密云中透出，给山间带来一丝光亮。两人对视片刻，眼神里满是无法言喻的复杂情感。

　　陆聚兴（深吸一口气，坚定地）："时间紧迫，分头行动吧。保重。"

　　勒普终于看了陆聚兴一眼，眼中闪过一丝坚定。他没有说话，只是点了点头，然后转身带领队伍奔向另一边。

　　陆聚兴目送勒普离去，心中充满同情和不舍。

85. 国军营地　夜　外

四周静谧无声，国军营地内的几盏灯火微弱地闪烁着，士兵们严阵以待，气氛紧张而肃穆。

单雄站在营地内，眉头紧锁，神情冷峻。

副官赵天佑走近："长官，时间差不多了，这次格里森上尉也亲自过来交接任务……"

单雄冷冷地看了他一眼。

赵天佑低下头："这是上峰的命令，属下也无能为力。"

单雄眼中带着一丝不屑："赵副官，交接任务我就不去了。务必告知他们，任务兹事体大，不能有任何纰漏。"

赵天佑（敬礼，语气严肃）："是，团长。"

赵天佑目光中闪过一丝焦虑，但他没有多言，迅速转身，带领一队士兵向交接地点进发。

单雄（自言自语，声音低沉）："美国人……哼——"

他转身缓步走向自己的营帐，身后是严阵以待的士兵们和静谧的夜色。

86. 桂黔路道口　夜　外

桂黔路道口，赵天佑带着士兵，等待交接。

突然间，黑暗中一阵沙沙声响起，陆聚兴带领仲家人迅猛地杀出，如同猎豹般扑向敌军。刀光剑影在夜色中闪烁，双方展开了激烈的白刃战。

陆聚兴（怒吼）："不能让他们得逞！冲啊！"

仲家人（齐声回应，不屈地冲杀）："杀——！"

激烈的战斗在一瞬间爆发，鲜血四溅，仲家人与士兵在黑暗中激烈搏斗。刀刃寒光四射，每一步都是生死搏斗，士兵的身影交错，场面异常混乱。

仲家人挥舞着手中的钢叉、腰刀，眼中燃烧着绝不妥协的怒火。

短兵相接，他们的动作灵活而凌厉，一步步逼近赵天佑。陆聚兴一刀击退一名士兵，迅速转身闪过另一名士兵的攻击，然后用力将刀锋刺入对方胸膛。士兵倒地，血溅一地。

赵天佑急忙抽出配枪，没想到被一个仲家人扑倒在地，一枪打歪。

陆聚兴瞳孔猛缩，拼尽全力将赵天佑逼至绝境，赵天佑勉力招架，但力量明显不敌，被迫节节败退，最后被陆聚兴一刀劈中肩膀，鲜血狂涌。

正在紧张时刻，身后突然响起一阵枪声，龙诺带着一队士兵赶到。

陆聚兴大惊失色："你还没死！"

龙诺："死也要拉你陪葬！"

说着，双方举枪射击，已经经历了一场搏斗的陆聚兴和仲家人渐渐不敌，只能撤退回树林中。

87. 国军营地　夜　外（85、86 穿插剪辑）

夜色如墨，国军营地四周一片寂静，黑暗中只有火光摇曳。哑巴如鬼魅般出现，悄无声息地潜入粮仓，他用火柴点燃了干草，火焰迅速蔓延。

哑巴冷静地看着火焰蔓延，嘴角勾起一丝冷笑。火光迅速冲天，吸引了守卫们的注意力。

士兵甲（大喊，紧张）："起火了！快救火！"

火光映照下，营地陷入一片混乱。士兵们惊慌地奔走，四处寻找水源扑灭火焰。

单雄怒气冲冲地从帐篷中走出，脸色铁青，他的阴沉面孔在火光的映照下显得愈发恐怖。

单雄（皱眉，冷声）："谁干的？"

就在这时，火光的阴影中，一个熟悉而令人惊恐的身影缓步走来——是勒普！

勒普（高声喊）："单雄！"

单雄脸上显出惊愕的神情，但是转瞬即逝，冷冷道："你不是死了吗？"

勒普眼中燃烧着复仇的火焰，冷冷地注视着单雄。

烈火在他们的四周蔓延，将营房映得如同地狱般恐怖。两人瞬间展开了激烈的搏斗，拳脚交织，刀光剑影在火光中闪烁。

激烈的搏斗中，勒普的动作越来越凌厉，他用尽全力将单雄逼至绝境。勒普将他掀翻在地，利刃对准他的心脏，单雄拼命用手架住刀刃。刀尖一点点靠近胸口。

就在僵持不下的时候，哑巴突然从火光中出现，帮着勒普握住刀柄，一用力，手中的刀迅猛而冷血地刺向单雄的心脏。

正在勒普气喘吁吁之际，哑巴却在他身后，向他聚齐了尖刀。

身后一声枪响，击中哑巴的手腕，刀应声飞出。

哑巴（无意间用日语大喊）："ばかやろう！（混蛋！）"

听到一句日本话，勒普瞪大了眼睛震惊地看着对方。

勒普（怒吼，悲痛而愤怒）："你……是日本人！"

他们身后，举着手枪的龙诺从熊熊火焰中走出。

两人的目光相对，勒普向龙诺摆摆手，他要亲自了解哑巴。

哑巴自知暴露，冲上前向勒普反扑过去。他们瞬间再次展开激烈的搏斗，拳脚交加，怒火中烧的勒普不顾一切用尽全力。汗水与血混成一片，在搏斗中猛然发力，一拳击中哑巴的脸，接着一记重踢将他踢翻在地，哑巴重重摔倒在地，手中的刀跌落一旁。

勒普送给韦发菊的"勒尤"从他腰间滚出。看到这一幕的勒普大吼一声迅速压在他的身上，哑巴拾起一块石头照着勒普头上砸下，勒普一阵眩晕，又被哑巴压倒。哑巴掐住他的喉咙，要致勒普于死地。

就在这时，一声枪响，哑巴后心中枪，倒在勒普身上。

不远处，倒在血泊中的单雄举着手枪，枪口还冒着青烟。

单雄："狗日的，老子最恨日本人……"

一句话说完，单雄咽气。

勒普爬起身，看着歪在地上的哑巴，哑巴口吐鲜血，竟还在咧嘴邪笑……

88. 闪回　小路　日　外

四周静谧，鸟鸣声在空中回荡。韦发菊独自走在这条熟悉的小路上，脚步轻盈。

她突然停下了脚步。远处传来低低的窃窃私语，隐约听得出来是日本话。

韦发菊（皱眉，步伐略显犹豫）：……

她好奇地向声音传来的方向走去，随着她的接近，声音越来越清晰，似乎是日语，让她眉头紧锁。

89. 闪回　林子里　日　外

密集的树木环绕，光线在树冠间跳动，韦发菊悄悄地靠近，看到了陆聚兴和哑巴，两个人正在用日语低语交谈。她的脸色瞬间变得苍白，心跳如鼓。

韦发菊的步伐突然变重，她不敢相信自己的眼睛，脚步不自觉地后退，却踩到了一根枯枝，发出清脆的断裂声。

陆聚兴和哑巴瞬间警觉，猛地转头看到她的身影。

韦发菊眼神充满恐惧转身要跑，哑巴一个箭步窜到她的跟前。

韦发菊："你们……是你们……"

陆聚兴（冷冷，眼神阴沉）："你知道得太多了。"

哑巴（眼中闪过一丝兽性，脸上露出狰狞的笑容）。

韦发菊的目光在他们之间游移，寻找逃脱的出口，却被他们一步步逼近。她转身欲逃，却被他们抓住。

两人像猎人扑向猎物，将她拉入树林的阴影中，韦发菊拼命挣扎，眼中满是绝望和无助。在阴暗的森林深处，她被哑巴冷酷地凌辱。她的痛苦和无声的哀嚎回荡在空中。

90. 路上 夜 外

得知真相的勒普眼中燃烧着愤怒的火焰，抓起身边的一块石头。

他跪在哑巴面前，目光中充满复仇的怒火，肌肉紧绷。

勒普（低声，愤怒地夹杂着痛苦）："这是为了发菊！"

他猛然挥起手中的石头，狠狠砸向哑巴。哑巴的鲜血染红了地面。

91. 新藏匿处（陆聚兴据点） 夜 外

正在藏匿处休整的陆聚兴好像感觉到有人在注视他，站起身，看向树林。

勒普从林中走出，身后跟着龙诺。他们直视着陆聚兴的双眼，勒普的声音冰冷且坚定。

勒普（声音冰冷，充满决心）："你的真面目，该揭穿了，陆聚兴。"

仲家年轻人听到勒普的话，动作一顿，纷纷停下手中的活，脸上露出惊疑的表情，目光在勒普和陆聚兴之间游移。

微风停歇的瞬间，一片寂静笼罩在他们中间。

陆聚兴依旧淡定，他轻轻一笑，神情自若，仿佛一切都在预料之中。

陆聚兴（勒莫）（轻轻一笑，语气淡定）："真相总会揭晓的，勒普。"

勒普的双拳紧握，眼中火光闪烁。仲家年轻人的目光中逐渐露出戒备与不信任，他们似乎意识到，一场风暴正在酝酿中。

勒普（声音坚定而愤怒）："你背叛了我们，勒莫，你为了自己的私欲，竟然助纣为虐！"

陆聚兴轻轻摊开双手，目光冷静，他的笑容没有丝毫的动摇。

陆聚兴（语气缓和却带着锋芒）："我做的一切，都是为了大局。你们不会懂的。"

仲家年轻人开始交头接耳，眼神中充满了怀疑和困惑，有人开始慢慢移动，靠近勒普，气氛愈发紧张。

月光下，勒普和陆聚兴对峙的身影显得格外鲜明，陆聚兴陷入了回忆。

92. 闪回　长江边　日　外

长江水缓缓流动，泛起层层涟漪，几艘客船静静停靠，守候着即将启程的旅客。

勒莫衣衫褴褛，脚步轻快而隐秘，谨慎地瞟向四周。他来到一艘正在装载货物的客船前，眼中充满了无奈和决心。他低着身子，一个闪身迅速爬上船，动作敏捷而小心翼翼。

勒莫的目光在船舱中快速扫描，找到一个隐蔽的角落，蜷缩在里面，眼神中闪烁着坚定。

他低头握紧拳头，目光透过船舱的细小缝隙望向远方，心中的决心愈发坚定。

93. 闪回　客船上　日　外

在船舱的角落里，光线昏暗，空气中弥漫着潮湿的气息和轻微的船只摇晃声。勒莫蜷缩在一角，双臂环抱着自己，身体因饥饿而微微颤抖。舱内的一片宁静只能放大他的无助与绝望。

勒莫低着头，从地上捡起别人吃剩的食物，狼吞虎咽地吃着。耷拉的双肩显得无比疲惫，但他的眼神中闪现出浓浓的绝望与无助。

他的目光逐渐变得坚定，透过污垢满布的脸，眼中闪烁着希望与坚韧。

94. 闪回　上海黄浦江码头　日　外

船只在江面上穿梭往来，繁忙的景象映衬出上海的繁华与活力。码头不远处高楼林立，车水马龙，熙熙攘攘的人群和不断鸣笛的车辆构成了一幅喧腾的城市画卷。

勒莫缓缓走下客船，眼前的景象让他一时愣住。他的脚步轻轻停顿，身体微微前倾，仿佛不敢相信眼前的一切。仿佛一扇新的大门跃然眼前。

他深吸一口气，眼神中渐渐泛起一丝光芒。

95. 闪回　面包店外　日　外

阳光炙热，面包店外的街道上，勒莫狼狈地逃窜，手中紧紧攥着一块刚偷来的面包。他的目光四处张望，充满了恐惧和饥饿。

店家怒气冲冲地追出来，高声喊叫。

店家（愤怒地）："抓住那个小偷！"

几名壮汉迅速上前，将勒莫按在地上，用力打他。勒莫痛得蜷缩成一团，双手护住头，嘴里发出痛苦的呻吟。身躯因疼痛扭曲，双眼紧闭，泪水不禁流下。

96. 闪回　书店外　夜　外

夜幕低垂，一只温暖的大手悄悄递上一块馒头。勒莫坐在阴暗的街角，眼中闪过一丝惊讶和感激。他狼吞虎咽地吃着馒头，仿佛这是他最后的救命稻草。

素不相识的陌生人看着他吃完，拉起他的手，将他带进一家小书店。

书店的橱窗散发出微弱的灯光，与外面阴冷的夜色形成鲜明对比，显得格外温暖。

97. 闪回　书店内　日　内

书店内，勒莫开始做长工，他负责打扫书架，整理书籍。随着时间的推移，他渐渐发现，这不单单是一间普通的书店。

书架间的秘密暗室，每日来往的神秘人物，他们的低语与匆匆的脚步，似乎隐藏着某种不可告人的秘密。

日本店主（微笑，语气温和）："我们会教你读书写字，还要给你起个汉人的名字——陆聚兴。"

勒莫（惊讶而感激）："真的？ありがとうございます（谢谢您）……"

98. 闪回　梅机关　日　内

秘密的梅机关会议室内，陆聚兴穿上了间谍的制服，正式成为梅机关的间谍。

墙壁上挂满了地图，桌上堆积着文件，空气中弥漫着一种难以言喻的紧张气氛。

梅机关长官（冷静地对陆聚兴）："あなたの仕事は、潜んで私たちに情報を届ける適切な瞬間を待つことです（你的任务就是潜伏，等待时机为我们传递情报。）"

陆聚兴（坚定地敬礼）："はい（是，长官）。"

99. 闪回　独山县城　日　外

陆聚兴身着日本军人服装，跟随日军穿过城墙，上面写着"无血占领"的标语。墙壁残破的标语，路旁惊恐的百姓。

陆聚兴（内心独白，语气复杂）："这是我选择的路，无回头之日。"

100. 闪回　独山县城弓久村　夜　内

夜幕笼罩，村里显得格外阴森。陆聚兴化妆成难民，和哑巴一起，混在难民中，佯装九死一生逃出，为潜入执行任务做准备。

低沉的夜风声，难民们微弱的抽泣声和脚步声。

陆聚兴（低声对哑巴）："保持低调，不要引起怀疑。"

哑巴点头，眼中闪过一丝精芒。

101. 闪回　林间　日　外

剧本第 4 场，陆聚兴与勒普的巧遇。

102. 山洞外　夜　外

厚重的月光洒在山洞外，银光染上粗糙的石壁，寂静的山谷中，偶尔传来一阵微风拂动树叶的沙沙声。陆聚兴、勒普静静地站在洞口对峙，目光沉重。

陆聚兴（深吸一口气，声音坚定）："你猜的没错，勒普，我来是为了执行日本人的'保桥计划'。"

勒普听到这话，脸上的表情骤然变化，他快步走到陆聚兴跟前，眼中闪动着难以遏制的怒意。

勒普（愤怒，语气强烈）："你助纣为虐！怎么能帮日本人？"

陆聚兴依旧冷静无比，他的声音低沉而有力，仿佛即使面对重重质疑也没有动摇。

陆聚兴（冷静，声音低沉，含着一丝无奈）："在我最无助时，是日本人帮了我。国民党做了什么？他们有把我们仲家当人看过吗!? 同胞们，这么多年，都是什么人在欺压我们？是日本人吗？不是，都是独山县城里面那群官老爷！以前太平日子，他们对我们各种苛捐杂税、打压欺凌，战争年月，跑得最快的又是他们！就让我们兄弟同胞们去送死！你们说，我们凭什么要帮这种人卖命？从清政府到国民党，我们仲家人有过过一天好日子吗？谁来统治对我们来说重要吗？我是在为大家争取一个自由！一个我们仲家人能自己当家作主的天下！"

仲家年轻人听到这番话，面面相觑，心中充满了疑惑和动摇。他们的目光在陆聚兴与勒普之间游移，不知道该相信谁。他们低声交头接耳，有人握紧了手中的武器，有人则垂下了头陷入沉思。

勒普（目光坚毅，语气冷峻）："不用多说了，决斗定生死吧。"

勒普的双眼直视陆聚兴，眼中冰冷却毫不动摇，他的每一个字都带着决心与力量。月光洒在两人的身上，山洞外一片宁静。

103. 山洞前　雨　夜　内

夜雨淅淅沥沥，清冷的月光穿透雨水洒下。远处雷声滚滚，映照出两个对峙的身影。双方在雨中做着决斗前的准备，童年的回忆在脑海中一幕幕浮现。（闪回剧本第6、7、8场内容）

104. 空旷处 雨 夜 外

暴雨倾泻而下，敲打在地面和树叶上，发出震耳欲聋的声响。闪电不时划破夜空，映照出两道交织的身影，他们在雨中展开了一场生死搏斗。刀光剑影在昏暗中闪烁，每一刀、每一拳都饱含悲愤和决绝。

勒普的眼神中充满了仇恨与决心，双手握住刀柄，动作迅猛如雷。他每一击都带着无尽的愤怒，仿佛要将所有的痛苦和仇恨宣泄出来。

陆聚兴同样不甘示弱，他的每一招每一式都是经过间谍机关严格训练。目光冷峻，他的动作迅捷有力，雨水顺着他的眉头流下。

陆聚兴（喘息，咬牙）："勒普，你不懂……"

勒普挥刀迎上前，眼中火光闪烁，声音夹杂着风雨，充满了决绝。

勒普（大喊，声音如雷）："不！我懂！"

最终，在一次猛烈的对击之后，勒普用尽全力将刀刺入陆聚兴的胸腔，鲜血混着雨水流下，染红了两人的衣襟。勒普用双手压住插入陆聚兴胸腔的刀，双眼充满了复杂的情感，雨水冲刷着他的脸，仿佛泪水在流淌。

陆聚兴（气息微弱，声音低沉）："你赢了……"

陆聚兴的身体渐渐失去支撑，双眼渐渐涣散，最后一丝生命力在他眼中消逝。他的身体无力地滑落，倒在地上，雨水迅速将鲜血冲刷干净。

雨声依旧如泣如诉，雷电渐渐远去，地面上雨水汇成的小溪顺着坡道流淌，带走一切痕迹。

闪电映照出寂静中的两具身影，勒普直立在雨中，雨水不断冲刷着他的哭泣与呐喊。

105. 路上　夜　外

寂静的夜色笼罩着蜿蜒的山路，美军的车队在黑暗中飞速行驶，引擎的轰鸣声在夜空中显得尤为突出。

突然，前方的路上出现了一群黑影，挡在车队的前面。美国士兵立刻紧急刹车，刺耳的刹车声在夜空中回荡，车队骤然停了下来。美国士兵们警觉地举起枪支，形成防御阵型，目光如鹰般锐利，警觉地盯着前方。

亚瑟·格里森上尉从车里飞快跳下，神情严肃，目光在黑暗中不断搜寻，试图看清前方的情况。

他定睛一看，发现带头的人是一个满身是血的青年——勒普。他的身边站着龙诺，还有单雄的副官赵天佑。

在他们身后，是伤痕累累的国军士兵和仲家的年轻人。

勒普摇摇欲坠，但他的眼神中却透着坚定不移的光芒。

赵天佑用流利的英语翻译勒普的话，声音里夹杂着急迫和严肃。

格里森上尉微微皱眉，看了一眼勒普。

格里森和勒普面对面站在车队前，士兵们紧张戒备，赵天佑的翻译还在继续。夜风呼啸，听不清他们在说什么。

106. 深河桥附近　晨　外

浓雾弥漫，整个深河桥如同被一层神秘的面纱笼罩。机械化的日军先头部队缓缓开进，履带车碾压着地面，发出低沉的轰鸣声。桥上空无一人，静穆的桥在雾中若隐若现，显得寂静而神秘。

动作描写：日军士兵坐在车上，紧握武器，目光冷峻，不断四处扫视。

107. 深河桥头　晨　外

日军先头部队到达桥头，浓雾逐渐消散，露出一支出殡的队伍。他们身着传统服饰，神情庄重，挡在桥前。士兵们愤怒地上前驱赶，但语言不通，双方陷入僵持。

士兵长（愤怒，挥手命令）："滚开！"

出殡的人们低声喃喃，不断退后，神情中带着恐惧和无助。

日军鸣枪警告，枪声在晨雾中显得格外刺耳。

遭受威胁的出殡队伍四散逃离，只留下中间的一副棺椁安静地躺在桥头。士兵们的目光中透露出疑惑和不安。

士兵甲（好奇，谨慎地掀开棺椁）："这是……"

动作描写：士兵甲的手轻轻掀开棺椁，里面满是炸药，映照出他惊恐的脸庞。

士兵甲（惊呼，后退一步）："わなです！（这是陷阱！）"

爆炸物的突然揭露，紧接着四面枪声骤起，爆炸声混杂着子弹的飞舞声和惨叫声。

激烈的战斗一触即发，子弹在空气中疾速穿梭，火光和硝烟瞬间将桥头笼罩。日军凭借武器优势逐渐压制了村民们组成的武装力量，战斗无比惨烈。

士兵们冲锋陷阵，村民们拼死抵抗，战斗场面激烈而血腥。

勒普站在战场中央，目光坚毅，胸中燃烧着保家卫国的烈火。他迅速做出了决定，心中充满了无畏和坚定。

勒普（心中决定，坚定的神情）：为了家园……

勒普毅然决然地扑向炸药堆，用全力点燃火药，引线迅速燃烧，火光在他的眼中闪耀。

火药引线燃烧的嘶嘶声，子弹掠过耳旁的呼啸声，勒普在滚滚硝烟中，目光坚定如铁，毫无畏惧。他用最后一丝力气点燃炸药，只为切断敌人的进攻。

引信就快烧到炸药了，千钧一发之际，龙诺一把拉起勒普，从高高的深河桥头跳下。

随着一声巨响，深河桥在他们身后瞬间炸裂，火光冲天而起，整个桥体化作灰烬，滚滚烟尘遮天蔽日。

炸药爆炸的巨大冲击波将敌人震飞，桥体在烈火中崩塌，火焰与浓烟吞噬了一切。爆炸的冲击波将周围的一切吹得四分五裂，天空中弥漫着浓浓的黑烟，烧焦的味道在空气中弥漫。

桥上的烟雾渐渐散去，视野中只剩下断裂的桥身和四散的残骸。烈焰仍在燃烧。

108. 河边　日　外

龙诺费力地将奄奄一息的勒普从冰冷的河水中拉起来。

龙诺（焦急，喘息）："勒普，撑住！"

勒普的身躯无力地靠在龙诺肩上，他的呼吸微弱，龙诺抬头看向对岸的桥头。

对岸，日本军官拿着军刀冷冷地注视着他们，身旁的日军士兵们将枪口对准了他们，空气中弥漫着紧张的气息。

龙诺用力握紧勒普的手，目光中透出一丝不屈与愤怒。

然而，令他意外的是，日本军官静静地看了他们一会儿，军刀最终没有落下。他调转马头，冷冷地命令手下撤退。

日本军官（冷酷）："撤退。"

日军缓缓撤退，河岸再度归于平静，只剩下龙诺和勒普站在河边。

109. 南江寨外　日　外

阳光高挂，照在南江寨外的路上。龙诺搀扶着重伤的勒普，带领着残存的士兵和仲家青年，步履蹒跚地走向寨门口。

寨门口，焦急等待的父老乡亲翘首以盼，看到他们终于归来，眼中闪过一阵欣喜的泪光。

村民甲（激动，含泪）："他们回来了!"

村民们纷纷围上来，勒普虚弱地靠在龙诺的肩上，眼神中充满了疑惑和感激。

勒普（虚弱地，喘息）："龙诺，你到底是什么人？你跟我认识的国民党不一样。"

龙诺（微笑）："勒普，我的确不一样……你听说过共产党吗？"

勒普的眼中闪过一丝惊讶和困惑："共产党？我从来没有见过共产党，他们什么样？"

龙诺轻轻拍了拍勒普的肩膀，目光中透出一种坚定的信念。

龙诺（语气温暖）："共产党就是一群像你我这样的人，勒普。他们也是为了家园和人民，竭尽全力，不畏牺牲的人。"

勒普的眼中渐渐有了光芒，他重重地点了点头。

110. 后记

　　"贵州独山深河桥，是日军败亡的转折点"。独山城北的深河桥成为日寇不可逾越的障碍，深河桥被炸毁后的 8 个多月里，日军在黔南没有向前推进一步，这里也成为了日军侵华的终点。1945 年 8 月 15 日，日本宣布无条件投降。

（剧终）

《深河桥头》——历史褶皱中的道德叩问

茶　羽

——战争的伤痕从未真正愈合，暴力的逻辑仍在以新的形态延续。

在接触《深河桥头》小说之前，我几乎不知道这段抗日战争时期鲜为人知的历史，不知道黔南的少数民族同胞为阻止日军的前进，付出了多少宝贵的生命。至今站在深河桥头，也很难想象那短短数十米的距离，竟成了日军无法逾越的天堑。

在改编《深河桥头》剧本的时候，我思考最多的是今天的观众要通过这个故事关注什么？在看过这么多抗日题材的文艺作品后，他们为什么要多看这一部？我想，应该还是人。当年封闭在十万大山中的仲家先人们，他们到底经历了什么？他们如何认知这场战争？他们珍爱和保卫的究竟又是什么？在这场战争过去整整 80 年后，我想我们应该去探究一下。因此，在剧本改编过程中，我把重点放在重塑剧中的主要人物上。

故事聚焦黔南仲家青年勒普与发小勒莫（陆聚兴）的成长与分裂，通过一场关乎深河桥存亡的生死博弈，揭示了战争对人性的异化与重塑。剧本中，每个人物的选择都深陷于家国、信仰、利益与情感的漩涡，其道德困境不仅是对历史的镜像投射，更是对当代社会的尖锐叩问：当个体被裹挟于权力、暴力与生存的夹缝中，如何坚守人性的底线？这种追问，正是本片试图通过影像语言传达的核心命题。

勒普：从"守护者"到"复仇者"的悲剧性蜕变

勒普的困境始于对家园的朴素情感。作为水头寨的普通青年，他最初的角色是"守护者"——用刀枪抵御野兽、救助难民，象征未被战争污染的自然人性。然而，当日军暴行蔓延至家乡，国民党军队的冷漠与发小勒莫的背叛，迫使他从被动抵抗转向主动复仇。对勒莫的信任崩塌与韦发菊的惨死，使其陷入"复仇正义"与"暴力循环"的矛盾。他最终选择与炸药同归于尽，是英雄主义的牺牲，也是被战争逻辑吞噬的无奈——个体在宏大叙事中沦为工具，难道唯有自我毁灭才能完成救赎？影片通过勒普的觉醒给出答案：唯有保持对个体生命的敬畏，才能抵御道德的滑坡。

陆聚兴（勒莫）：殖民逻辑下的身份迷失

勒莫的堕落是剧本最具讽刺性的悲剧。他早年离乡的初衷是"改变仲家人的命运",却在殖民者的"恩惠"中沦为日本间谍。他的道德困境本质是"身份认同的断裂"——既无法回归仲家传统,又未被殖民体系真正接纳,最终成为权力游戏的棋子。勒莫以"自由"为名投靠侵略者,却成为压迫同胞的帮凶。这一设定指向的是殖民主义的文化侵蚀——被压迫者内化压迫逻辑,成为体系的一部分。

龙诺:革命理想与人性代价的平衡

作为中共地下党员,龙诺的困境在于"双重忠诚"。他必须隐藏真实身份,甚至在必要时牺牲乡亲的信任以完成任务。这种"沉默的守护"折射出革命者的道德悖论:为更大的正义,是否必须作出局部的牺牲?当龙诺目睹单雄屠杀村民却无法阻止时,他的内心经受着怎样的挣扎?纯粹的道德在乱世中是否可能?

单雄与黎昆:权力机器中的"非人化"

单雄的"任务至上"与黎昆的官僚腐败,共同构成权力体系对人性的异化。单雄的绝对理性:他将人命量化为战略代价,炸桥任务中不惜屠杀村民。当"效率"成为最高准则,人性便沦为可牺牲的数据。他的残忍何尝比敌人来得要轻?

黎昆作为地方官僚,他的选择是体制腐败的缩影。其结局也暗喻着依附权力者终将被权力反噬。

《深河桥头》并非一部简单的战争片，而是一面照见人性明暗的镜子。它提醒我们：**战争的伤痕从未真正愈合，暴力的逻辑仍在以新的形态延续。**希望通过这部电影，让观众在历史的回响中思考——当战争的困局成为时代症候，我们能否以共情超越对立，以良知抵抗异化？

　　"深河桥"不仅是地理坐标，更是人性的试金石。它的倒塌与重建，关乎我们如何在一个裂痕累累的世界中，守护那份未被泯灭的光。

《深河桥头》补笔

叶 辛

我的中篇小说以及和茶羽合作改编的电影文学剧本《深河桥头》以单行本形式出版了，出版社要我写一写当年写作这篇作品的初衷，我写了一篇《我写〈深河桥头〉》日前刊登在《光明日报》上。不料上海读者看了，还是不过瘾，说你只是写出了创作小说和剧本的缘起。要晓得，对我们来说，深河桥究竟在一个什么方位，都不知道呢。你写到的都匀、独山这些地方，我们也都没有去过。你得写详细一点。我听了以后不以为然，心里说，对今天的上海读者来讲，不了解这些这也是正常的。谁知夏天来到贵州，贵阳的读者也对我讲：叶老师，深河桥80年前发生的那些事情，我们也都不甚了了啊！

于是引出了我的这篇小文，补充说上几句。

用今天的话来说，深河桥位于独山县城北部的9公里处。我强调的是今天的距离。20世纪80年代我初识深河桥这段历史时，当地的布依族老乡嘴上都说，这座桥在县城北面20多里之外。那是因为，现在从独山城通往深河桥的这条路，在改革开放40多年时间里，又重新整修，不少地方拉直了，用今天丈量的距离来说，只有9公里了。就如同半个世纪之前，我从仁怀城去往茅台镇，路程明确标明是14公里，而今天所有人驱车从仁怀市区驶往茅台镇，只有9公里是一回事。

同理，老的也即为阻止日本侵略军而炸毁的深河桥，桥高16.35米，跨度12米，宽5.7米，长呢，有37米。属青石单孔拱桥，横架在深河峡谷之上。这座桥始建于1571年，还是明朝隆庆五年。79年之后的清朝顺治七年即1650年，为阻止孙可望军队占领独山县城，清兵毁桥。将近20年之后的清康熙八年亦即1669年直至清道光十年（1830年），独山州人蔡应星家整整五代人，发扬愚公移山精神，先后三次出巨资修葺此桥，保证此要道的畅通。民国十五年（1926年）修建直通广西的黔桂公路，更突出了深河桥的重要，它成了所有车辆行人进入贵州和四川的必经之地。可见其不但横跨山谷，地势险峻难行，还是古往今来兵家必争之地。

侵华日军当然也知道深河桥的重要性。1944年冬季到来的12月初，他们妄图扭转颓势，在广西的桂林集结了50万人，从黔桂边境打进贵州地界，直插省城贵阳，从而威胁国民政府的陪都重庆。国民政府意识到形势的严峻危险，调集了60多万人的军队到黔桂边地，死死守住黔南这条防线，准备和日军决一死战。日军由海福三千雄率领的 250 多人先遣联队，在占领了独山县城以后，得意洋洋在火车站附近的饭店二层楼上蘸着墨汁写下歪歪扭扭的四个大字：无血占领。遂而又令部下换上他们在桂林缴获的国民党军人的制服，化装成被打散的国民党士兵，混进黔桂路上成千上万的中国难民之中，意图抢先来到深河桥畔，占据有利地形，阻止深河桥被炸毁。

都匀、独山周围的布依族水族村寨上的中国农民，眼看日本侵略军打到家门口，纷纷自发地拿起梭镖、大刀、火铳，抵抗奔袭而来的日本侵略军。期间发生了许许多多闻所未闻的感人故事。

我的中篇小说以及电影文学剧本《深河桥头》就是在这样一个历史和时代的大背景下展开了惊心动魄的一幕。

一对分别属于布依族和水族的青年男女，在当时逃难民众咒为"见鬼路"（黔桂路）的男女老少中间，碰上了两个负有特殊使命的日本兵，一场不知不觉间的较量就此展开……

这样补上一笔，不知是不是把我写的《深河桥头》讲明白了。

另外，也感谢贵州人民出版社为本书提供了珍贵的历史照片。

叶辛丛书目录